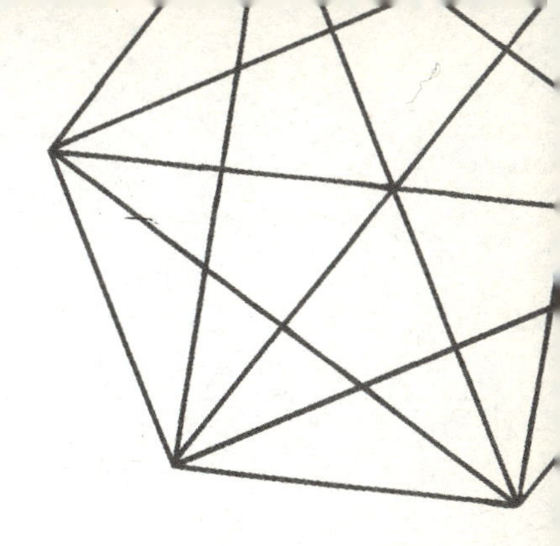

最佳拍档

星辰夜空Ⅲ

椂汐 著

浙江文艺出版社

一朵绽于新世界的奇葩

橙子（作者棂汐）是我的发小，小时候经常一块玩耍。小学时，我们有幸成为同班同学，自然成了好闺蜜。到了初中，虽不在一个学校，但仍保持联系，有时一起谈谈人生。这次我应邀作序，极为欢喜。

每个人年少时都会有美好的幻想，这些幻想大多随时光消散。而橙子则以文字的形式，将幻想与现实生活相结合，永远留存了下来。

犹记得当初我俩都在写小说，中午吃完饭，急忙带着本子和笔下楼，在校园长廊上蹲着写，不时交流一下各自的构思，或是开怀一笑。是那样美好啊，连时光都忍不住停步流连。

渐渐地，由于学业的繁重与我的懒惰，写了没几页的小说本子被我束之高阁。而橙子转战电脑，坚持之下越写越好。看着“星辰夜空”一步步走来，给主角起名字定魔法的事犹如昨日，心中也是万分感慨。当初约定等橙子的书出版了就每人买上一本，橙子也说好等有了稿费请我们吃饭。原本想着出版一本书是多么了不起的事，也对此抱着不大可能实现的态度，没有想到橙子在一步步实现。当从前的将来成了现在时，时过境迁，许多事都改变了；在追梦的道路上，也有许多艰难险阻，但从未变过的，是橙子力排万难、坚持写作的精神！

现在我在百度贴吧上看橙子的文章，使我在学习之余得以放松。因为她写的是校园生活，有些内容取材于生活实际，如军训的苦中作乐、考试的烦闷苦恼以及男生女生间的八卦，常使我读来备感亲切、会心一笑。而魔法就像是菜肴中的作料，使得文章更精彩、新奇。毕竟游戏是孩子的天性，橙子写出了我们内心最真实的想法，释放出了自我。像文中主角们一个个变小，穿越到现实生活中，并与作者棂汐等人见面，这种奇遇我也心痒痒地想要体验一把。同时文中不显山不露水地蕴含了一些人生哲思，如关于“如果我们的生活是虚构的”这个想法，橙子借助上述事件传达了她的看法：“反正我们有多彩的生活，管他虚不虚构呢。”“那你就当全宇宙都是虚构的吧！”关于存在与否，我个人觉得信念也是有力量的，认定了便是存在吧。

现在与橙子一碰面，她总会向我谈起她的小说的新构思。我发现她能够从学习生活的平淡小事中捕捉闪光点，并加以润色，灵活运用到作品中来。随着她的小说越写越得心应手，她的气质也在悄然发生着转变。虽然她表面仍旧大大咧咧、个性洋溢，但似乎变得更为成熟了。

我深知橙子奇妙的构思与精彩的内容绝非横空出世，而是靠她的文学功底与平时积累。橙子从小就热爱阅读，为了她的小说创作更是博览群书。她一直在为“星辰夜空”的第七部做充分准备。有一段时间，每周见面时，发现她总抱了几本刚从新华书店里买来的大部头书，诸如《中国古代军事》等，令人见之咋舌。这是因为故事情节会涉及战争，她需要有一定的知识储备。假期里我陪她去了趟上海博物馆，她直奔中国古代陶瓷馆考察资料。这是为了描写清代瓷器做准备。展馆里是铺天盖地的陶器瓷器，从石器时代到清末一应俱全。开始我们还是一件一件地拍照，感受每一件展品与众不同的花纹与质地，从中领略到时代的变迁，由粗糙到细腻、由朴素到艳丽，不由得感叹中华文明之美。可后来实在是审美疲劳，我感到兴致缺缺、索然无趣，直接到出口处等她了。而橙子她仿佛一点也不觉得枯燥乏味，或者是说尽管累了也得为她的小说拼了，直到看完陶瓷的制作工艺才出来。试问若非真正的热爱，又有谁会如此投入其中呢？这个暑假，她更是报名参加了写作大赛，希望能够进一步锻炼自己、提升自己。

与此同时，我也不禁要说说橙子的奇葩之处了：

她修得一手好图，当然画得也不赖。

她搞怪整人，大家都会被逗得乐不可支。

她夜半望月，静静思索琢磨世间奥秘。

她随时随地放开喉咙唱上一曲，有时候还自己作首曲子。

她拍案而起举杯吟咏，把一杯白开水喝出二锅头的感觉。

她大谈小说如何如何，有时作上一首诗请大家品鉴品鉴。

她勇于追梦，对非议不屑一顾，她说自己从中真正地明白了什么叫作“人不知而不愠，不亦君子乎”。是啊，世间得一知己难矣。特立独行之人，必然会遭排斥，这也是最好的磨炼。

橙子是一朵绽于新世界的奇葩，独特、自在。“星辰夜空”系列小说，伴随着她和我们的共同成长，也是她致青春最棒的礼物！

桹汐的好友金雨昕

目 录

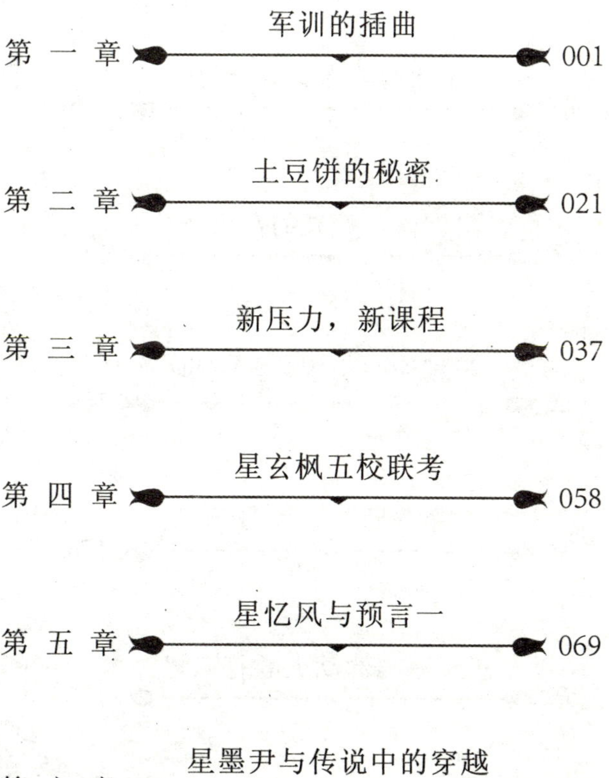

第一章 军训的插曲 001

第二章 土豆饼的秘密 021

第三章 新压力，新课程 037

第四章 星玄枫五校联考 058

第五章 星忆风与预言一 069

第六章 星墨尹与传说中的穿越 079

第 七 章 星菀婷与第二天没发生的奇迹 095

第 八 章 星子夜与魔法磁场论 107

第 九 章 星露渲与专案调查组 125

第 十 章 星雪落与疯狂的常析之 147

第十一章 星棂汐与影剧院二三事 159

第十二章 星槿熙与无敌白纸 176

第十三章 星于荨与激动人心打工记 188

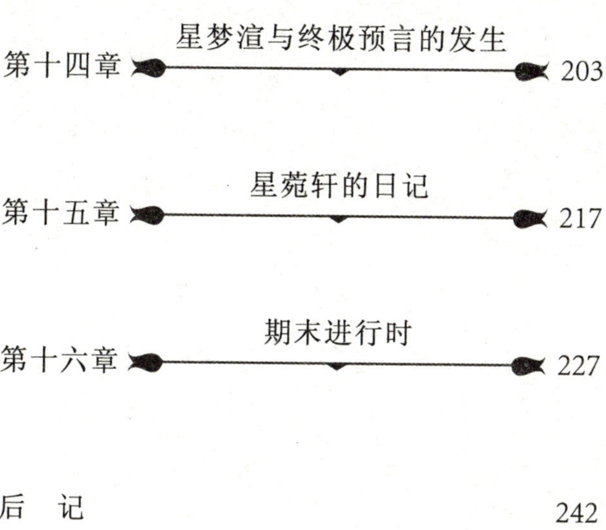

第十四章 星梦渲与终极预言的发生 203

第十五章 星菀轩的日记 217

第十六章 期末进行时 227

后　记 242

第一章
军训的插曲

“你没听以前的人说起吗？凡是通过莫沦事件的学生，都被她折腾得死去活来啊！尤其可怕的是，她连通过测试的学生的朋友也不放过。”

星忆风拉着一个巨大的行李箱走出家门。她在八月的骄阳下走了五分钟左右，手机铃声就从她的裤袋里闷闷地传出来了。她不满地嘟嘟嘴，撒娇似的把行李箱一把丢开，费了好大力气才从装满东西的裤袋里翻出她的手机。她按下接听键，一个软糯的声音立刻带着与之完全不相称的气愤传来了：

“星忆风你怎么搞的！说好的见面呢？说好的镇中心广场KFC（肯德基）门口呢？你人哪儿去了？我都等了好久了，你知不知道？”

“好啦好啦！”忆风用一种她平常不用的温柔的语气对着手机说，试图安慰星雪落现在急躁的心情，“我只是睡过头了而已嘛！再说，我已经快到了，我已经看到你啦！”她的目光向路的尽头望去，一个模糊的粉红色身影正在KFC（肯德基）门口跳上跳下，她似乎能看到对方口型，与手机里现在所说的话完全吻合。

“你知不知道我刚来的时候买了一杯奶茶，现在我都喝完了！你再不出现我就告诉全班同学说你暗恋宇渝鱼！呃？你刚才说什么？你看到我啦？我隐藏得这么好你居然看到我啦？……”

那个身影越来越近，手机里的声音也开始有了阵阵回声。忆风直直地向雪落走去。折腾了半天，星雪落总算是发现了她面前的星忆风。

“你真该配一副眼镜了！”星忆风摸摸雪落的头，“并且身高也有待提高。”

“你只是比我高了一厘米而已……”雪落无语地摇着头，把忆风的手甩开，她可不喜欢忆风像是在教育晚辈似的摸自己的脑袋。

“对了，通往魔法镇的那趟公交车什么时候开车？”忆风习惯性地抬起手腕，看了一眼手表，但手表上的时间与她想知道的信息毫无联系。

“十一点半啊！”雪落找到了一个垃圾桶，丢掉了她的空奶茶杯子，“对了，现在几点？”她回过头望向忆风，却发现忆风的表情不太对劲。

“你真的要听吗？”

“当然啦！不然呢？”

忆风再次看看表，似乎在确认什么。随即她深吸一口气，艰难地吐出一句话："十一点二十分。"

时间是她们紧紧掐好的，现在忆风迟到五分钟，再加上刚才她们闲聊的时间……哦！天哪！

"快跑！"雪落先反应过来，迈开两条小短腿拼命地跑着。忆风紧随其后。虽然两人中途还打了三轮车，但当她们到达车站时，公交车还是无情地关上了车门。留下两人一同在风中凌乱……

"追！"忆风班长大大的威风再度显现，以"我代表月亮消灭你"的表情动作拉着她的行李箱向前冲去。

"喂，你会不会让公交车飞过来？"雪落问忆风。

"估计不行，但值得一试！"

公交车的速度暂缓了一秒，又继续前进了。

雪落瞟了瞟站在窗边的那个售票员，将自己的脸幻化为售票员的样子，又拉着忆风跑到车前。忆风负责大喊大叫，雪落负责扮演成那个可怜的售票员没来得及上车的窘态。

可怜的司机叔叔就这么被糊弄了。他停下来，开启车门，将两人放了上来。司机叔叔看看雪落，又看看好好地坐着的售票员，满心疑惑。

呼，还好赶上了！要是她们这是在赶飞机赶火车，可容不得她们这么追了。雪落和忆风大大咧咧地坐了下来，却没有发现在她们后面的座位上，两个男生正交头接耳地谈论她们。

"嘿，看见没，那两个女生，也是我们学校的吧？"男生甲说。

"你怎么知道？就凭她们这么一点点水平的魔法？"男生乙

说话的时候明显有点抬杠的口气。

“你还别说，看她们的基础还是很好的。附近哪有这么好的魔法学校？”男生甲自恋地昂起了头，好似他正在舞台上，下面有千千万万的观众。

“瞧你那样儿！又不能肯定是同学……”男生乙用阴阳怪气的语气说着，总是不忘讽刺打击。标准的一对损友。

“要不我们打个赌？我赌她们与我们是同一所学校的，输了的替对方洗一个月的袜子。不敢赌的是混账王八蛋。”男生甲得意地笑着说，分明是已经看到男生乙陷身于一堆臭袜子中的情形。

……

“怎么样？不敢了吧？”男生甲紧抓这个话题不放。

“哼，赌就赌，不过我可说好了，就这么赌也太简单了。如果你能够跟她们搭讪，确认她们是我们学校的，并且要来她们的联系方式，就算我输。否则就算你输。”男生乙好似不甘心地拔高了要求。其实他的心里乐开了花：让这个二货去冲锋陷阵好了，我就在后面坐收渔人之利。

“行，这还不简单。你等着收一堆臭袜子吧。”男生甲雄赳赳气昂昂地上前去了。

“咦，这么快就回来了？难道还真不是我们学校的？”男生乙的声音带了点失落。不过，一堆臭袜子转移到对方那里去了，也是意外之喜啊。一想到这，他又开心起来了。

“哎！别提了。”男生甲唉声叹气，“是我们学校的，但是你知道她们在去年干了什么事吗？”

“什么事?”男生乙不由自主地压低了声音，仿佛压低声音可以挖出更多的内幕似的。

“她们去年可是通过了随机测试，期末也免考了的。”

“切！通过随机测试、免考，虽然水平是有那么一点点高，可这会阻挡你——人见人爱、花见花开的美男子的脚步吗?”

男生甲又习惯性地一昂头，仿佛前面有一堆的女孩子包围着他，正在索要他的签名照片似的。但是片刻他就把拿起的姿态放了下来：“你忘记了，去年通过随机测试的可是只有一组。”

“通过了一组，这一届的成绩也算得上是不错了，有好多届面对随机测试可是全军覆没的。”

“对啊！难道你忘了她们去年通过的是什么测试?”男生甲略微停顿了一下，“那可是通过了随机测试里的极小概率项目——莫沦事件。”

“通过莫沦事件是不简单，可也不至于让你半途而废吧?”男生乙显然对他的回答不够满意。

“别这么想，哎！我说你的脑袋是不是被你成天钻研的魔药冻住了？你也不想想，通过莫沦事件之后的事……你也知道，那个老师，最欣赏莫沦才华，对他的堕落无比痛心，却又认为莫沦的才华无与伦比，对通过莫沦事件的人非常仇视……”

“她啊?!”在男生甲的提示下，男生乙终于想起来了，“那个占卜……老师。”

“嘘，别提她的名字。”男生甲四处张望了一下，好像那个老师就在旁边，她的报复心可是非常强的，“你没听以前的人说起吗？凡是通过莫沦事件的学生，都被她折腾得死去活来啊！尤其可怕的是，她连通过测试的学生的朋友也不放过。”说着，他打了一个寒战，仿佛他已经被那个老师盯上了似的。

雪落和忆风当然不知道这个插曲，对于她们来说，只是个不知好歹的同学来搭讪，可是在她们的光辉形象前，识趣地走开了。她们咕哝了句“这个人好傻”，又继续着自己的话题，并没有想到接下来她们又要面对惊心动魄的一个学期。

她们的家就在魔法镇的边上，坐公交车半小时就到了！半个小时在聊天中过去，显得格外短暂。本次旅途的终点站——魔法镇海洋公园很快就到了。两人兴高采烈地下了车，迫不及待地往星子魔法高校的方向跑去。她们即将迎接的，并不是恐怖的开学，而是她们在星子魔法高校的唯一一次军训！魔法学校的军训，会有什么不同呢？

在某家KFC（肯德基）草草吃了点午饭，两人便再度起程。紧紧掐着报到的最后时限，来到了她们熟悉的北极星777——她们的宿舍。放下行李后，又赶快跑去了高二位于东北方向教学楼二楼的新教室。

不出所料，大家都已经在教室里了。五分钟后，于老师也来了。

“大家应该知道这一个星期我们要军训这码事吧？”于老师一手撑着讲台，一手扶扶眼镜。

大家齐齐点头。但于老师似乎并没有注意大家的回答。她继续讲军训的事宜。讲完后，于老师又拿来一个大箱子，告知大家自己拿军训装备并重复告知了军训的时间地点后，就匆忙去赶她的教师会议去了。

忆风作为班长，自觉和雪落一起承担起了发“军装”的任务。虽然雪落只是一个小小的魔法课代表，但她平时的工作大部分都是辅佐忆风，做她的军师、参谋。嗯，当然，更多的时候是跑腿的。

十二套军训装备很快就发完了。大家把窗帘拉上，迫不及待地穿上了军绿色杂着黑色的迷彩服。一看，离集合时间只剩下十分钟了。大家兴奋地看着干锅鱼（于老师的外号）刚刚发的军训时间表。令她们高兴的是，这上面居然还有看电影、吃冷饮等活动。离规定时间还差四五分钟时，大家就迫不及待地三三两两地到了楼下。

集合地点是操场靠近花圃的一角。教官们还没来，但是大部分学生都是早早地到了集合点，有的在散步闲聊，有的甚至在利用这点时间练习魔法。

忆风和雪落正在复习上学期的选修课内容。忆风蹲在花圃边试图辨认各种草药。雪落请忆风召唤来了她的变形石，费了很大功夫才把一片树叶变成了一片花瓣。过了一个暑假，上学期的内容都快忘记了！

不知何时，几个身穿军装的人向各个集合点走来。大家立刻会意，自觉地站成体育课时的队形——4×3的方阵。

教官是个和干锅鱼年纪差不多大的女人。被晒黑的皮肤再配上她那一副完全不娇小的五官和身材，让她看上去一副很严厉的样子。

女人向大家敬了个礼："大家好，我是于真。这一个星期，我就是你们的教官。顺便自我介绍一下，我是你们班主任的高中同学。"

大家都惊呆了！同一所高中毕业的，并且还是魔法学校的高中毕业的，怎么一个文文静静当老师，另一个风风火火当军人？

"我毕业后去了军校，因为当一个军人是我从小就有的梦想。但是我的魔法才能——"她察觉到了同学们的不专注，手指往梦渲、露渲的方向一指，两人中间的一粒小石子就突然膨胀了起来，把正在讲话的两人吓了一跳，"也不弱。"她接着说，这回同学们个个都在认真听讲了。"为了和你们的于老师区分开来，你们可以叫我于教官，可以叫我真教官，也可以叫我于真教官。"虽说是在开玩笑，可是于真教官的面部表情丝毫没有缓和，每一块肌肉都绷得紧紧的。

星雪落长这么大，第一次感受到男女之间的不平等。当然，她并不是抱怨，只是感叹一下而已。

夏天的操场，每一寸土地都是热的。唯有操场左半拉儿被教学楼阴影掩盖下的地方略有凉意。三名女教官所带的天班、南班、星班所处之地都是在阴影之下，而三名男教官则毫不犹豫地让宇班、凌班、常班的男生晒在火辣辣的太阳下——即使阴影下还有空位。女生们只需要站站军姿，蹲下起立转个身，小跑敬礼喊口号就可以过关了，而那边一群可怜的男生在此基础上还得加上俯卧撑和蛙跳——即使这些东西不做也可以在校方那里过关。当她们绕着操场小跑时，雪落听到宇班的教官理直气壮地吼了一嗓子：“你们男生就该多做些运动！这是为了锻炼你们的体能！”雪落感到有点沾沾自喜，像是有了某种优越感。

于真教官看上去很严肃，但偏偏有些行为看着挺风趣的。可是再仔细一看，她的骨子里还是严肃的。看大家站军姿时，她总是摇摇晃晃地走来走去，还把帽子从头上摘下来扇风。星于荨实在憋不住笑，小声说了一句“二货青年欢乐多”。即使星于荨排在最后一排，于真教官还是敏锐地听到了声音并找到了声源。

“你，出列。”于真教官立刻又严肃了。这都是些什么人嘛？她寻思着，自己像她们那么大的时候敢这样笑话老师或者教官？不，绝对不可能，她是有着良好的家教的，爸爸妈妈可是经常教育她要尊敬师长的呢！一定要狠狠地惩罚，要不会有更多的同学学她的样，这样还怎么带这支队伍？于是她让星于荨站到操场中间。星于荨又开始不高兴了。真是的！她只是讲了一句玩笑话而已嘛！让她在操场正中间大展览，也太过了吧！她嘴巴里嘟囔着谁都听不出来是什么的话，歪着脑袋，一只手插在裤袋里，一副吊儿郎当的样子。

于真教官在训练星班学生站军姿的时候，也没落下观察星于荨的动静。本来她还想着，如果于荨能够认识自己的错误，端正态度，那么就让她站一小会儿吧。可是她的良好愿望并没有能够实现，于荨的站姿让她感到自己的威严受到了挑战。虽然这种挑战像风中的摆柳那么消极，但毕竟是挑战。她感觉到面前的女生表面上在用心地做动作，可实际上却用极其蔑视的目光扫视着她，仿佛在说："看，我们这个年轻的教官，啥都不会，处理个学生也不会，也不知道是怎么混到这里当教官的……"

"你，过来。"她不能接受这些学生对她的质疑，"绕操场跑十圈。"

"什么，十圈？"星于荨用怀疑的眼神询问着面前的教官。真是的，不就是开个玩笑吗？至于这么对待我？平时，大家在操场上只不过跑三四圈罢了，还累得狗一样张大嘴巴，伸着舌头喘大气……

看什么看，不过是十圈罢了，我们每天早上都是用一个一万米拉开帷幕的呢！于真教官用坚定的眼神和脸上绷出线条的肌肉回应着星于荨。如果敢反对，我就再加码。

可星于荨的反应是她所没料想到的，或者说，虽然身为一名女性，但她向来不屑用这种办法表达自己的情绪。

看着一群脸色担忧的同学，星于荨的脸色从多云转阴，又转向了暴风雨。想想不能和教官对着干啊，又生生地从暴风雨拉回到阴云密布的状态。反复了几次后，她一屁股坐在地上，号啕大哭起来。

这下，于真教官也没辙了，尽管在来之前，她已经给自己设定了很多可能面临的困难，以及解决的办法，可是从来没想到这个高中生还会以这样的方式不走寻常路啊。巧的是，班主任还正好有事出去了。她把求助的目光放到了一个发现异常正在疾步赶来的老师身上。

军训也是分课的。下午从一点钟开始，每一个小时算一节课。两节课之间可休息十五分钟，共三节课，上到四点半。学校还特地为军训设置了军训专用铃声。第二节课下课还有课间冷饮。虽说这些安排都已经非常合理了，但总还是累的啊！像是有些脾气比较大的人——比如星菀婷，火气就容易上来。她下课时总是在吐槽学校军训的残酷，即使在她刚吃完免费派发的绿豆棒冰后。

“你不是有魔法吗？你可以装作发烧啊！”星菀轩给星菀婷提出了建设性意见。

“对啊！”菀婷一拍手掌，好崇拜菀轩，“这样我就可以高枕无忧地待在寝室里了！”于是她果断把体温弄到了四十摄氏度，病恹恹地向于真教官请假去了。

于真教官用食指狠狠地戳向星菀婷的眉心，星菀婷的体温马上恢复正常了：“魔法的痕迹都不会隐藏，当我不会魔法啊！”

哦！原来魔法就是这么被破解的！这次课间剩下的时间，星菀婷找来了星菀轩做实验，想要尝试这一招。但不幸的是，星菀轩的魔法是瞬移，她根本戳不到。她又偷袭了正在变脸的星雪落和隐身的星于荨。结果前者虽然被戳到了，但是丝毫没有魔法上的反应。星雪落还回戳了星菀婷一下。后者呢？不用说，星菀婷扑了好几次空。再后来学霸星菀轩好心告诉她，她现在这点魔法根本不足以破解别人的魔法。可怜的星菀婷整一个课间就扑腾在这种无意义的事情上了。

而星于荨呢，还在吐槽今天受到的不公正待遇。在经历了教官的处罚后，一段时间里，她恨教官恨得直咬牙。但那个陌生老师说的话也总在耳边回响。

“她可是教官啊，可以处罚得更狠。现在这样对你，也算是客气了。”

“什么，投诉？等军训结束了，你都不知道她在哪儿，去哪里投诉？”

“谁让你自己不尊敬教官，换你被别人这么说，你不会生气吗？”

神奇的是，经过了老师的教育，她的愤怒像是拐了个弯，跑到了那个老师身上。现在，她向同学们抱怨的就是那个老师。

“前因后果也不问我，就问那个教官了。”

“最不像话的就是，一点也不帮我说话，只帮着教官说话。”

“还威胁我，说是教官可以处罚得更重的。哼！我是怕威胁的吗？”

“长得那么难看，头发灰一半白一半，乱糟糟的。”

“声音也难听，尖酸刻薄。”

……

这个时候，星于荨竟然还在想着以前怎么不努力学习呢，只有这么少的形容词，完全不能形容出这个可恶的老师的万分之一。尽管她知道自己的抱怨毫无意义，可至少也是在复习自己的修辞水平啊，她安慰自己。

有无意义的，就一定有有意义的。

例如星墨尹，她拉着星棂汐和星于荨跑到了常班的位置，不客气地开始读常般若的思想，美其名曰知己知彼，其实她的真正目的是想秀一下自己作为女生被区别对待的优越感。

常般若对此毫无察觉。他专心地在心里吐槽：

“凭什么男生站在阳光下！凭什么男生还要做俯卧撑和蛙跳！凭什么我恢复体力的魔法被禁用了！凭什么站军姿时谁动一下就要加做十个俯卧撑啊！教官你玩我们哪！不带这样的吧！……”

都说安装玻璃的时候，最后一块玻璃是最难安装的。因为最后的时刻总是最难熬，最容易心情浮躁。对星班的女生们来说，最后一节课也是最最难熬的。比如星梦渲和星露渲，整节课的精力都花在了趁教官不注意时偷偷看表这件事情上。而星菀婷小同学在假装发烧失败后，又想到了调节体温这个功能。在这个夏天的下午，四处都散发着热气。唯有星菀婷这个便携式空调，散发的全是冷气！搞得星忆风拼命往星菀婷身边靠——多凉快啊！后排的梦渲、露渲也往前贴了不少。星菀婷为此扬扬得意。于真教官大概也知道她们的辛苦，对星菀婷的魔法也就睁一只眼闭一只眼啦！这个下午大家过得还算愉快。

晚上的活动是教官教同学们折豆腐块被子。勤劳的于真教官分秒不差地赶到了北极星777。大家把自己的被子搬到了大厅，一板一眼地和于真教官学了起来。只是星玄枫因为住在满是雪的房间，有些凉，所以拿来的被子也厚了点。别人叠豆腐块，她却有叠成膨化面包的节奏。于真教官亲自上手也只叠成了豆腐渣。于真教官只能答应以后每天早晨检查叠被子的时候放宽对星玄枫的要求。但别的同学就没有那么好运了！为了把被子叠成豆腐块，同学们不择手段。星露渲收集了一大堆同学的头发，她把这些头发摆放成直角三角形，再把它们变硬，塞进被子里当衬子；星子夜同学用水湿润了每个被子角，然后再仔仔细细地掖成直角……

总之，当她们叠好被子后，离迟到也不远了。大家不得不让星梦渲暂停时间，好让她们有时间简单解决早饭问题。虽说早饭是吃到了，但其实吃得并不饱。星梦渲整个假期都没有练习魔法，导致她一吃东西，这不稳定的魔法就随着她吞咽的动作消失了。星梦渲感到万分无语和气愤。

“为什么我就不能吃早饭呢？”她大声抱怨，“为什么我退步这么快？为什么？”但她毕竟还是很善良的。她努力维持到了大家都吃完早饭后才快速打包了自己的那一份饼干，并且一口就干掉了已经冷却下来的咖啡——这十二包咖啡粉是今天早晨莫名其妙出现在桌子上的十二个白纸包里的。上面印着学校的标志和食品安全生产许可证，还画着一只眼睛的图案，旁边标注着一句话：“注意：请大家于军训后服用，特此提醒！”

对于这些突如其来的食品，马上就引起了星班全体女生的好奇心。

“军训之后服用……这可能是包治百病的药，能让我们在军训中受过的伤痊愈。”星墨尹做出如许推测。

“不会吧？如果是药，应该会标明由哪些原料制作而成，针对的是什么症状，服用后有没有副作用。可是，这些东西上都没有标注，可见这应该不是什么药物。”星苑轩表示不能理解星墨尹的推测。

“还标明是军训后服用，如果提前服用不知道会有什么情况发生呢？”星棂汐的好奇心让她心头像是猫抓似的，极想先下口试试到底会发生什么情况，可是却又担心如果违背了“军训后服用”的要求会有什么不好的事情出现。她在心里权衡着利弊，一时间不知道该做何动作。

“我看啊！这可能只是个测试。”星忆风用自己的手指揉揉太阳穴，微微低头道。

“测试?”众人异口同声地问。

“是啊！我觉得就是一个测试。”星忆风的话语里透出自信。

“什么测试?”又是异口同声，她们都很想知道星忆风是怎么想的。

“你们听说过这么一个故事没有?”星忆风故弄玄虚的话语马上被其他人打断了，她只得往下说，“话说，以前有个人去找工作，找工作嘛，需要面试。当她去面试的时候，主考官问了好多问题，她觉得自己回答得并不好，尤其是主考官让她回去等回音的时候，她觉得自己更没戏了。当她出门的时候，看到门口的地上倒了一把扫帚，于是就停下脚步，把扫帚扶了起来。没想到啊……”星忆风又开始故弄玄虚了。

“接下来怎么啦?”

“当她把扫帚扶起来之后，主考官就把她叫住了，然后告诉她，面试通过了。原来，这把倒地的扫帚就是一个测试，测试她们是不是关注身边的一些小事并做好。”

“哦……”众人开始在自己的脑中想象故事中的情景。

“测试我们是不是听从学校的指令?”

“会不会就是一个诚信的考试，还把成绩记录到期末?”星露渲这样猜测。

“依我看，这是又一个‘随机测试’，通过了期末会免考的吧?”星梦渲对于期末能否免考非常关注。

“做你们的春秋大梦去吧!”众人对她俩的反应嗤之以鼻。

“我觉得这应该不是什么重要的测试，毕竟期末免考的机会并非遍地都是。”星墨尹被她们这些不靠谱的猜测弄得哭笑不得，“学校不会有这么无聊吧，特意弄来十二包不明物体测试我们这种事情，也太没意义了!”

可是星于葶却不同意这种观点，她急急地表达自己的观点:“可是你不觉得校长就是这么一个无聊的人吗?我觉得这种事情他是真的做得出来的!”“那么这个测试到底测试的是什么呢?”星雪落反问，“是要观察我们到底是会遵从规则，还是勇于冒险吗?这也太不靠谱了吧?”

“可能不管我们怎么做都是对的。”星子夜猜测，见大家一脸茫然，她又补充道，“如果我们没有吃，那么就是遵守规则；如果我们吃了，那么就是勇于打破常规。”

星墨尹感觉有点动摇了，如果此时她第一个敢于尝试，那么她不就能树立在同学中的高大形象了吗？但是她还是有点犹豫，因为她相信“枪打出头鸟”的箴言。第一个尝试固然是最引人注意的，但是危险性也是很大的。但是当她看见星菀婷已经迫不及待地想要第一个试吃的时候，她就急了。再不行动的话这个树立光辉形象的机会不就跑了吗？想到这里，星墨尹立刻眼疾手快地撕开了一包舔了舔，只感觉这包粉末的味道像是普通的咖啡粉，并没有什么异样。于是她便肯定地说：“看吧，没啥意外情况发生啊!”

星墨尹看到别人都伸长脖子看着她，又说：“这应该是某种品牌的咖啡粉。以前没有喝到过，但是比以前喝过的咖啡粉都要好。”

星梦渲一看，也顾不得期末免考这件事了，也撕开了一包放在杯子里倒上热水，轻轻地抿了一口：“嗯，这种咖啡比普通的咖啡咸一点，但是很好喝。”

早晨的第一个任务是去礼堂听校长演讲。天知道校长那老头子又憋出一大堆什么乱七八糟的废话了。明明昨天才刚刚开过一个晨会。

星雪落坐在墨尹和菀轩的中间，装作十分认真的样子听校长讲话，实际上她把这些话的大部分都自动屏蔽了。她从小就有屏蔽不需要的信息的功能。例如数学课上，她可以屏蔽掉所有老师讲题目的语句，中间的任何一句与数学无关的话她都能听进去。以下就是经雪落过滤删减过的“校长一小时”讲话：

“军训其实一点都不苦，这只是一种与众不同的体验！经过昨天一天的训练，你们应该感受到魔法学校军训的魅力了……”滚蛋吧！哪里不苦了?！这军训有魔法元素吗？很无聊的好不好?！

“就像我，我就是一个勤劳肯干的模范……”模范?！校长你今天到底有没有吃药?！快解释下你为什么视察学生军训都会打太阳伞来！

“你们宿舍桌子上有十二包魔药粉，上面特地注明是军训后才喝的。”

星班的同学们一听到，就都被吓了一跳：呃？呃！什么！早晨喝的“咖啡”居然是……魔药!!

“至于为什么要喝呢，请听我慢慢道来：从此以后呢，我们就得随时听号令集合！也就是说，每次我们一听到这种口令就必须在十五分钟内赶到集合地点集合——”一种刺耳而响亮的鸣笛声响起了。大家都捂住了自己的耳朵。天晴海习惯性地利用魔法强行停止了鸣笛，不过效用只有一小会儿。校长不满地看了她一眼，继续讲：“就算这种声音在大半夜响起来，大家也必须穿好衣服集合。”

这句话取得了惊人的效果，下面的同学一片哗然，嚷嚷着不能这么虐待青少年，并纷纷表示这对身体不好以及他们根本起不来。以愤青二逼闻名全年级的常班更是纷纷从礼堂的各个角落站了起来挥舞着拳头表示抗议——当然，常般若班长照例不参加这次游行，淡定地坐在星雪落的斜对面慢条斯理地啃着一块蛋黄派。

“而这种魔药的用途！”校长将喇叭的音量再度调大到盖过同学们的声音，“就是保证同学们的身体健康！让大家不管什么时候起床都可以精神倍儿棒吃啥啥香！也不用关心生物钟会乱掉。这种魔药并不难喝，它喝起来味道很像咖啡，甚至比咖啡还要好喝……”

“至于为什么写着‘军训之后才能喝’，这是我和大家开的一个玩笑。”校长说着停顿了一下，“相信在看到这行字后，很多同学已经迫不及待地把它喝了，并有着‘军训前喝到底会有什么情况发生呢’这样的想法吧？”

“哈哈，这样你们就如我所愿啦！”校长干笑了两声，“兵法里就是这么说的‘实则虚之，虚则实之’，你们做事情，思考问题可不能只是一根筋到底啊！至于保持着警惕，还没喝的同学，回去赶紧喝了吧！如果你不想在军训中身体受损的话。”

通过校长的讲述，大家知道了，这种由天鼎子果实和莫眠草为主要成分的魔药同样也是这个学期魔药课的重点内容。

接下来的又都是废话了……

这一天很不愉快。虽然这一天的安排非常宽松。中午时大家还在礼堂看了一部非常好看的推理悬疑电影。但由于这变态的号角声，导致同学们不得不随时待命集合。虽然这集合也没什么用处。每次都只是集合后点个名就又把她们放回去了。就连看电影的时候，号角也响过一次。真是丧心病狂！！但这也不是全无好处，至少晚上，因为魔药的缘故，大家没有一个人失眠。

是的，接下来的这几天同样地不愉快，对星子夜来说尤其不愉快。军训第三天，她好不容易才中暑晕倒在操场上，本以为她可以过上星菀婷曾经非常向往的“高枕无忧地待在寝室里”的生活，可是称职的校医女士一下子就治好了子夜。她只是在医务室休息了十分钟就回去军训了。为了提高大家的生活质量，星棂汐又不知道从什么地方学来了一些损招，例如把卫生巾垫在鞋子里吸汗什么的。但现在大家最期盼的无疑是这一周快点过去。

如此变态，难道还得叫她们眼巴巴地盼着慢慢过吗?!

第二章
土豆饼的秘密

“怎么，图书馆变大啦?”雪落和忆风面面相觑。在她们眼中，图书馆的大小没有一丁点的变化。而前面的那些同学，明明都是在空气中，假装翻动着书本的样子。

星于荨本来以为军训是世界上最痛苦的事情了，于是她眼巴巴地盼着开学。

但她错了。

“从此以后我们就要有晚自修了哟!”干锅鱼微笑着说，“也就是说，每天吃完晚饭，你们还得回到教室里来。晚自修从五点半一直持续到八点。这些时间就是你们的自修课啦！当然，中间还会有课间休息。你们以后必须在教室里完成作业。但是星期一和星期五不同。前段时间呢，就是专门给大家写作业用的，而后半段时间，就是要上两门新的课程，星期一占卜，星期五天文。”

听这两门课程的，就像是很好玩的样子，所以连最不喜欢学习的星梦渲也没有过多的抱怨。只是晚自修的出现实在让星于荨等人有些不耐烦，好在没有课程安排的晚自修可以去图书馆。

走进图书馆，照例是一股炸土豆饼的香味扑鼻而来，图书馆管理员清藤一边给土豆饼翻面，一边念念有词：

哼哼哼，撒点香葱！
哼哼哼，撒点椒盐！
翻面吧，土豆饼，听铲子的话！
愿上帝保佑你，可爱的小土豆饼！
不能有一个浪费！……

随着最后的一个高音，清藤抄起煎锅，土豆饼不偏不倚地掉在了托盘里。

“哦，高二的老生！”清藤高兴地打着招呼，“都尝过我做的土豆饼了吧！味道怎么样？过了一个暑假还想念这香味吗？”

“真是怀念啊！”大家一拥而上。外面带点焦黄的土豆饼，咬开了可是嫩得很，冲在前面的星棂汐等几个吃货，吃了又吃，把嘴巴塞得鼓鼓囊囊的。雪落和忆风落在后面，等她们挤上去的时候，却发现盘子里已经空空如也。她们两个只好嘟着嘴巴直接进入了图书馆。

星雪落没精打采地怀念着土豆饼的香味，正准备偷偷和星忆风商量一下，待会儿把她们撇开再去清藤那里吃一点，却听到星栐汐她们发出好大一声惊呼：“哇哦，图书馆重新装修了吗?”

还有附和的声音：“大了好多呢!”

“咦，你看，有关于莫沦的书呢！这一本是《为什么莫沦的心理会变异》。”

“还有呢！这里有本《谈谈莫沦的魔法变异史》，还有本《我观察到的莫沦魔法弱点》。要是我们上个学期就找到这些书那该有多好，对付莫沦也不用这么费劲了！”到处是她们惊奇的声音。

星槿熙则是和星玄枫交换了一个意味深长的眼神。她们都想起了上个学期，为了参加竞赛，当时的图书馆管理员何老师给她们开放部分高年级阅读区的场景。那时槿熙找到的是一本《莫沦的魔法魔药实例》，而玄枫阅读的是《你所不了解的草药》，作者竟然就是莫沦。当时被她们忽略了，并没有引起注意，后来打败了莫沦，收到了免考通知的时候，她们还在想当时看到的几本书是怎么回事。现在，她们看到了那么多研究莫沦的书，大部分是关于没通过莫沦事件的总结和体会，也有极少一部分是打败莫沦的经历，更多的是研究莫沦的魔法及草药的文章。可是，更重要的是，她们是怎么莫名其妙就进入了高二年级阅读区的呢？她们还记得，上个学期是何老师亲自带着她们过来的，等何老师一走，她们阅读的书本也就消失不见了。

“怎么，图书馆变大啦?”雪落和忆风面面相觑，“她们嘴里在说着什么？”在她们眼中，图书馆的大小没有一丁点的变化。而槿熙她们，明明都是贴在墙边，假装翻动着书本的样子。每个人在说话的时候，总有部分像被抹去了几个字词一样，不连贯。

“哼，她们合谋耍我们。”星雪落下了一个论断，“刚才就故意把土豆饼吃光，现在又合谋着要我们。”她气呼呼地又说道，“以为我们是好欺负的吗？我们去打断她们。”

“别，我想想看。”星忆风好像抓住了星雪落话中的关键点。可没等她想明白，她就被星雪落拉着去搞破坏了。

“哎呀，什么好看的书啊？让我看看。”星雪落故意地去抓星槿熙的手。那里空荡荡的，什么也没有。可是星槿熙却夸张地蹲下了身子，装模作样地捡那什么也没有的书，嘴里还说着：“小心点啊，那么多书，你自己拿本看，干吗拿我手里的？”

“哟，装得还挺像。”星雪落一副嗤之以鼻的表情，“明明啥也没有，你们还要合谋耍我们啊！”

可星忆风却在认真地观察着她们，她拉了一下星雪落：“看她们的表情，真的是在看书呢！你看大家都一本正经的样子，如果是假装出来的话，一定会有人笑场的！”

“什么，你们真的看不见这里有那么多书？”这回轮到星槿熙她们感到惊异了，“这里都是些……的书。”

“什么，你说什么？都是写了些什么内容的书？”

“都是讲我们遇到过的……的书。”星槿熙也非常奇怪，怎么她要讲到莫沦的时候，舌头却拼命地打结，什么声音也发不出来，对于其他的内容却没有任何影响。

星忆风看着其他在讨论的几个人，断断续续地可以听到她们的对话。

“……的魔药实在是厉害！”

“他们竟然是被困在……的游戏里而失败的呢！”

“原来可以这样，……这样子去破坏也可以啊！”

星忆风想努力地听清她们说的所有内容，可尽管她像狗一样竖起了耳朵，尽管其他内容都听得很清楚，却总是会漏掉一句话的部分内容。星雪落也静下了心，发现了这个特殊的情况。两人无奈地对视着，天哪，这是什么情况？她们是不是错过了什么？

“可能是那些土豆饼？”星忆风大胆地做出了猜测。她们赶紧往门口跑。

清藤看见了她们，奇怪地问：“小家伙们，你们怎么不在里面阅览，而是出来了？”

“我们看不见。”星雪落急忙说着。

“怎么会看不见？应该不会出现这个状况啊！”清藤的回答瞬间让渴望获得答案的两人在心头浇上了一盆冰水。

“难道是？”清藤寻思着，自言自语地说着。这下又把两人快要冰冻碎裂的心脏缝补了回来。

“不会啊，足够的啊。”清藤小声嘀咕。两人对视着，都仿佛听到对方的心脏发出了清脆的爆裂声。

“我做的土豆饼数量是足够的，难道是你们的同伴里有好几个吃货，把你们的分量全部吃了吗？”

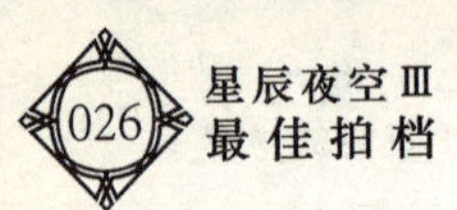

问题真的在土豆饼啊，两人顿时把慌乱的心收了起来，忙不迭地一起点头。仿佛两头正在争夺主人欢心的哈巴狗。

“可是现在没有了呀！”清藤老师接下来的话又让两人伤心了，“刚才泠老师来过了，她把我刚刚做好的土豆饼全都拿走了。”

“泠老师？”

“就是你们这个学期的占卜课老师。”

“哦。”反正并没有上过课，也还没有认识这个老师，雪落和忆风并没有过多地关注。现在她们想的是什么时候可以吃到土豆饼。美味还是其次，主要是被同学们排除在外的感觉实在是太难受了。

“应该快的，你们再等等啊！”清藤老师好似看出了她们焦急的心思，急忙又开始了一次炸土豆饼的工作。

闻着渐渐散发的香味，忆风和雪落高兴地闲谈起来。也不知道谁起了个头，她们的话题里出现了那个“针对”于荨的老师。

“长得超级难看……”

“穿着品味差……”

“人际关系差，尤其是她的学生，平时肯定都不搭理她……”

……

到她们的闲聊被打断的时候，那个令人“憎恶”的老师差点被描绘成了白发蒙面、青面獠牙、独来独往的怪物。但她们的关注点马上不在这“怪物”身上了，因为她们听到了这样一句话。

“清藤，把这些炸好的土豆饼都给我包起来，我要全部带走。”一个头发带点灰白，但梳理得整整齐齐的老师，紧绷着脸，语气生硬地说着。

“可是……泠老师……”清藤看了一眼忆风和雪落，欲言又止。

“可是，我们是先到的。”星雪落据理力争。

“先到，后到，先学会尊重师长再说。”那个老师铁青着脸，抛下令星雪落不解的一句话，带走了全部的土豆饼。

星忆风看着她花白的头发，好似有些醒悟，心虚地拉住了还不肯罢休的星雪落：“算了，再等一会儿好了，反正清藤老师这里多的是。”

“可是，今天的原料已经用完了。”清藤摊开了手掌，表示爱莫能助，“只能下次再来了。”

图书馆发生的插曲除了让忆风和雪落在几天内始终和大家在聊天时合不上拍以外，还使全体同学对那个还没在课堂上露面的占卜课泠老师多了几分憎恶。而星于荸也一直以“你们瞧，我没乱说吧”的态度再次和大家津津有味地抱怨那个老师。但没过两天，大家对此也觉得乏味了。于是开始对于即将开启的天文课产生了兴趣，星期五那天的晚饭，星玄枫特意多买了一碗番茄炒蛋作为庆祝。对于星玄枫来说，这可是她了不起的奢侈享受！星忆风因为太过激动把汤汁不小心泼到了星子夜身上。她本以为被弄脏了的洁癖女会很可怕，没想到，她只是乐呵呵地说没事，就顺手变出一股水流弄干净了。

上完晚自修，星班、凌班和常班的同学一起来到了学校最高的天台集合。星菀轩有些疑惑，上学期对付莫沦的时候她们也来过这里，没发现这里有什么上课的地方啊！

一个年轻的男老师已经在那里等着了。待全员集齐后，他便要求学生们站在旁边，自己在地板上摸来摸去——居然抠出了一架颜色与地板相同的梯子！他把梯子搁在楼梯间上，示意大家爬上去。

但在凌班上去的时候发生了一段小插曲。

懒散的凌班照例是最后一个上去的。但是当全班最不懒散的凌远萧上去之后，不小心一蹬——把梯子踢倒了，差点砸到下一个上来的人。此人敏捷地躲开了，但梯子还是不可避免地砸到了凌班班长凌时的脚，害得他一边跳脚一边咒骂凌远萧。

三十七个人上去后，楼梯间的顶部已经很挤了。所有的人都更不明白该怎么上课了。

但事实证明，魔法学校就是比一般的学校牛。

男老师不知道按了什么按钮，楼梯间的顶部就开始快速上升，导致许多同学装作恐高的样子捂脸尖叫。

上升到一定程度后，这一块小小的钢板居然向四个方向展开，形成了一大片圆形空间，比占卜课教室还要大。

小伙伴们都惊呆了！

老师再一按，围墙边出现了三十七架天文望远镜，同学们再次被震惊了！

“今天是个好天气……”老师一边将视线投向天空，一边自言自语。

同学们集体沉默。

老师完全不理会同学们的集体沉默，而是突然焦躁地踱着步，不知道在想什么。墨尹的魔法发挥了作用。她熟练地窥探了老师的心思：

……怎么办怎么办！今天天气这么晴朗，星星这么亮！第一节课照理来说我应该讲一整节课的理论知识的！但是！这样观星的好机会可遇不可求啊！目测几百万光年外的那颗暗淡的星星正在爆炸……早就听说过星球爆炸了，但这还是我第一次亲眼观察到啊！但是……校长那老头子知道我不按进度上课，说我破了规矩，扣我工资怎么办？……

星墨尹的脸抽搐了一下，继续观察着：

……嗯，我决定了！米米、眼镜儿、线团、南瓜（南班好像有个人叫南瓜来着，不知道她怎么想）……（省略三十六个名字。星墨尹觉得这些可能是望远镜的名字）麻烦你们去陪那些熊孩子瞎玩吧！别担心，我不会让他们伤害你们的！要是谁敢弄坏你们，我就剁掉那个人的手！面条，你还是跟着我吧！那些熊孩子太危险了……

一时间星墨尹很想吐，这个老师，居然还给每架天文望远镜起名字！

“啊！同学们自己选一架望远镜熟悉一下吧！架子下面有一份说明书。千万不要弄坏或者弄脏它们！千万不要！”老师的眼神突然锐利起来。

星忆风和星雪落眼疾手快地抢到了视野最好的地方，正对着圆圆的月亮。所有的望远镜架上都贴了它们的名字。星忆风拿到的是“雪花”，星雪落拿到的是“钻石”。两人靠说明书大致弄清楚怎么用后，便迫不及待地将眼睛贴上去，四处看。

“哇！这个望远镜好高级啊！我都能看到这颗星星表面的大致地形呢！”星忆风陶醉地双手握镜筒。

“白痴！那是月亮！”星雪落粗暴地把忆风从望远镜前拎起来，摆正她的脑袋逼迫她用肉眼看天空。

“话说那个老师姓什么啊？”星雪落正在观测一颗疑似火星的星星。

“不知道。他一直没有提起过。”星忆风回答。

“我想他大概很快就会提起的吧！”星雪落看到了一小片星云。

“啊！同学们辛苦了！”一节课后，老师满意地说，想必他如愿地观察到了星球爆炸的画面，“这次我就不布置作业了，我们下周同一时间再见啊！”

那个老师自始至终都没有提起过自己的名字。

过了实习期的魔药老师沉寂惜好像完全变了一个人，比之前大气多了。在同学们制作魔药的时候，她还会讲一些搞笑的事情。但这并不很好，笑得厉害了，魔药就容易做坏。

星子夜正在试图完成今天的药水，这是一种英文名老长一串的生长素。做完后的效果应该是一锅澄澈透明的，冒着紫色烟雾的药水。但是星子夜无论怎么做都无法使它冒出烟雾。其实星墨尹早就把子夜完成好的完美魔药交上去了，并在锅里重新倒了自来水。可怜的子夜被星墨尹玩弄了感情。她哭丧着脸打算把一整锅自来水交给老师。星墨尹显然是不打算告诉子夜真相了，看着子夜的表情，星墨尹都快笑疯了！

星子夜惴惴不安地走进了沉老师的办公室。也不知怎么搞的，她明明是完全按照老师的教导进行操作的，但是熬制出来的药液没有一点冒着紫色烟雾的状态。也不能说一点都没有，刚刚开始的时候，还是出现了一点氤氲的雾气，可是中途她出去了一下，回来后直到现在，药液没有任何变化，一开始她还以为是时间没到，可看着星梦渲她们几个都已经完成了，只有自己和星菀婷没有完成，她也只能接受这个结果了。可是为什么会这样？虽说星菀婷也没有完成，可毕竟她的药液冒着淡淡的紫色烟雾。

“菀婷，这是你的作业吗？”

“是的。”星菀婷有点害羞地低下头。

“你看，这个药液的成色还不够呢。你是漏了步骤，还是没有充足的熬制时间啊？”沉老师亲切地问着菀婷。

“嗯，我已经熬制到最后一步了，感觉时间也是足够了啊！”星菀婷不好意思地说着。随着沉老师亲切的语气，她一开始的拘谨也像她的那些药液的雾气，消散了不少。

“那么……”沉老师沉吟了一下，“你是用玻璃棒来回‘8’字形搅拌了吗？”

“我……我……搅拌得太厉害了，把……把……玻璃棒撞断了。”一想到自己一出手就弄断了玻璃棒，星菀婷不禁有些口吃。这该不会让我赔吧？她的心思又像在课堂上一样游走八方。

“哦！”沉老师的嘴巴夸张地张成了O形，“你居然把玻璃棒撞断了！这是得用多大的力啊！是把魔药当成假想敌了吗？但是撞断玻璃棒应该也没多大的关系，换一根不就行了？”她没想到的是，以菀婷这样大大咧咧的性格，哪里会先去考虑借一个玻璃棒。她看见边上有根竹签，顺手就拿来继续她的搅拌工作，一边搅拌一边还在想着呢，为什么要拿玻璃棒呢？竹签岂不更好，不会断，偶尔撞上了，也不会发出难听的撞击声。如果让沉老师知道她的想法，说不定就要抓狂。课上她可是重点阐述了必须用玻璃棒的理由，那就是绝不能有一点点的杂质混入。但显然，星菀婷是把这个当耳边风了。

“哟！”一个拖长了的声音传来，“这就是通过莫沦事件的学生的作品啊?!”透着一股浓浓的讽刺意味。

菀婷和子夜一抬头，一个头发灰白的老师正面带嘲讽地看着她们。

又是这个老太婆，星菀婷朝星子夜示意着，她微张着嘴，不发出声音来，却又翕动着嘴唇，希望星子夜能够通过她的口型，明白她的意思。

星子夜看着她的样子，嘴巴一鼓一鼓的，活像正吐着气泡的金鱼。令她瞬间忘却了没有制成魔药的烦恼，扑哧一声笑了出来。

“你又是谁？”白发的老师为有人能在这时候笑出来而感到万分恼火。

“老师，我是高二星班的星子夜。”星子夜怯懦地说着，还不忘朝始作俑者瞪了一眼。

“原来是只会弄出点小水花的星子夜啊！”白发的老师继续用阴阳怪气的声音说着，“让我看看，你们这些免考的优秀生到底完成了什么完美的作品。”

“天哪，这难道是魔药吗？是魔药开发了新的品种，还是自来水也可以做魔药了？”白发老师的声音里充满了讥笑，让人听着非常反感，就连旁边的沉老师也有点听不下去了。

“星子夜，你不是交过一份了吗？”沉老师惊讶地问，“星墨尹同学帮你交的！”

“啊！”星子夜像是复活节岛上的石像，矗立在那里。

“原来是这样，要不怎么会出现子夜的魔药比我的还烂这样的情况。”星菀婷了解到真相，并没有为自己掉到了最后一名而沮丧，而是很为子夜感到高兴。

“竟然知道自己的魔药很烂。”白发老师又在中间插上了一句，“确实哦，凭借这样的本事，竟然还能通过莫沦事件，你们完全是瞎蒙的吧？”

“谁说瞎蒙的？”星菀婷不乐意了，当初我们可是历经了千辛万苦，使出浑身解数和莫沦周旋，就在很多人已经被莫沦吸走魔力之后，依靠仅剩下的于荨和菀轩战胜了莫沦。这件事是高二星班的骄傲，也是不重视学习的星菀婷觉得最骄傲的事情，她决不允许有任何人来诋毁她们。

“那么是你们的魔法力量强过莫沦，还是你们的魔药强过莫沦？”白发老师嗤之以鼻，“要我说，你们全班合起来也没有莫沦强。”

说起这点，星菀婷确实觉得她们的道行没有那么强大了，但是她眼珠一转，马上有了新的想法：哼，他再强，也是一个魔头，看来，教他的老师也不咋地。

白发老师脸色变了变，想要再说些什么，可转念一想跟一个学生去辩论，胜之不武。轻轻“哼”了一声，又摇了摇头，走出了沉老师的办公室。

看似得胜的星菀婷傲娇地耸了耸肩，还想再吹个口哨来表达内心的兴奋。“够了！”沉老师及时地喝止了她，“你们别多想，其实冷老师是个很好的老师，我刚来的时候她就照顾我很多。”她顿了一顿，又说道，“只不过莫沦是她最为满意的学生，她非常欣赏他的才华，又为他走上邪路而惋惜，所以，有关莫沦的事情，会让她失态，你们以后不要在她面前提起，知道了吗？”

“晚上去看新生魔法测试吗？”星菀婷突兀地提出这个建议。

“啊，就算我们不想去——”星于荨顿了一顿，似乎在考虑怎么把词语连成完整的句子，“干锅鱼也会逼我们去的，是吧？”

另外两人重重地点头。

“不过这也是很令人高兴的事啊！我终于不是高一的小不点儿了！我们终于也是学姐啦！”星菀婷自我陶醉地幻想着一群人在她脚下向她膜拜的情形。

“我更关心的是作业量。”星子夜愁苦地看看手里的《真菌的一百零一种制药方法》和《魔药制法大全》——她们本周的作业是预习下一课的所有陌生药材并整理它们的特性和用途。

“是啊！”星于荨点头附和，“我希望星棂汐她们会带回来一大堆草药课作业！”

“你这个希望拖人下水的人呀……”星菀婷拉长了声调，“不过，我喜欢。要是她们的作业只有那么一丢丢的话，我会极度地感到心理不平衡的……”

“我们得快点了。”星菀婷看看表，“魔法测试就要开始了，如果我们没有按时到场的话，我保证干锅鱼会杀了我们。真希望能快一点，我们苦哈哈的高二学生因为多出来的一节选修课连晚饭都没吃呢！”

去年开学报到处的穆老师如今正坐在大厅门口的一把椅子上管理签到。穆大叔的形象还是那么不尽如人意，以至于跟在子夜后面的星墨尹乍一看还把他看成了一只牛蛙呢！几人签下自己的名字，叽叽喳喳地走进了大厅。

班里的其他同学都已经到了，坐在各自星座属系的长桌前，饶有兴致地打量着那群高一的小不点儿，但其实谁都没有去关注魔法测试的过程。

有点无聊。

不过星忆风和星雪落倒是个例外，她们还是很关注魔法测试的过程。虽然坐在两张桌子旁，但两人都不约而同地拿起了纸笔记录一些看上去有意思的魔法和相对应的人名。星忆风是为了为学生会吸收新鲜血液，星雪落则是为了建立起高一的信息网络。星雪落一向消息灵通，全校的八卦新闻她都能第一时间知道。并且，信息网络是非常有利于班级比赛时打探情报的。至于高三的学生，她早就了解透彻啦！

第三章
新压力，新课程

“就你这样梗着脖子、扯着嗓子的态度，难道还要让我来表扬你们吗？表扬你们是这样尊重师长的？”泠老师不由得就想起了当年，天赋极高的莫沦在她的课堂上学习的情景。目光始终追随着老师的脚步，思想始终紧跟着老师的问题，那是一双多么渴望求知的眼睛。可惜，竟然发生了这样的事……

吃过晚饭后，大家懒懒散散地回到了教室里，就连寝室也懒得回去。菀轩和忆风就担任起了快递员的工作，替同学们拿各种她们忘拿的东西。

占卜课的课本今天刚发下来了，星忆风仔细研读着课本的第一单元，星雪落则是在研究目录。

“第一单元：手相；第二单元：纸牌；第三单元：解梦；第四单元：运势……我的老天爷啊！这什么跟什么啊？！我敢

说，这绝对是一门变态的课程！”星雪落断言。

“还好吧！第一单元有些难懂，但是第二单元还是挺有意思的。”星忆风一直把脑袋埋在书里，“你猜猜看，一张红心K、一张黑桃K和一张方块K，还有草花K代表什么？代表——相爱相杀的盟友！哈哈哈！好可爱啊！”星忆风被莫名地戳中了笑点，指着星雪落的鼻子哈哈大笑。

喂，指着我干吗？星雪落嘟嘟嘴，继续看目录。看了好久，她才突然想起来她得写作业了。今天的作业还特别多，一向和蔼可亲的干锅鱼居然还要让她们把上一个学年所有的魔法学说统统整理一遍！

“一共是五十七条。”干锅鱼说，“一条也不能漏掉。”

星雪落发狠似的快速移动着自己胖胖的手，用尽了握冰激凌的力气去握笔，速度却还是略慢于忆风——忆风早在她研读目录时就开始写作业了。

第一次的晚自修漫长而无聊。尽管作业让她们不至于无事可干，但时间好像还是过得很慢。

星菀轩身为一代学霸，在晚自习下课之前就早早完成了作业。此刻就连她的心思也完全不在学习上，茫然地瞪着数学课本。星梦渲和星露渲这两个班级垫底王更是不用说。星梦渲利用时间静止偷走了星菀轩做好的作业，正在和星露渲一起伏案疾抄。好在，这节难熬的课总算是过去了。大家都松了一口气，不约而同地迅速拿上上课前就收拾好的占卜课工具，三三两两地向上课地点走去。

占卜课的教室也是在专用教室楼，只不过门牌上写的是

“实验室4”。大家平时去实验室2做实验的时候，从来都没有好奇过窗帘总拉得严严实实的实验室4里到底是什么样子。原来这里是一个伪装成科学实验室的占卜课教室啊！

大家陆续走进教室，这个教室非常奇怪，但同时也非常有趣，并且很大——因为占卜课和天文课都是三个班一起上的。

教室的主色调是深红色，几排座位的四周围绕着许多架子。上面放着很多有趣的东西——大多是水晶球、纸牌这样的小玩意儿。除此之外，还有一些像是冒着浓烟的小茶壶啦，叮叮作响的老式电话机之类的有趣东西。全班一半的人都凑在架子前，围观着这些陈列品。常班和凌班的同学早就来了，凌班的同学照例全体懒懒地趴在桌子上打盹或是聊天，常班的十一个同学每人端了一个水晶球正在饶有兴致地研究里面的雾影。只有常般若依然淡定地呆坐在位子上，吃着一块蛋黄派。星墨尹十分厚颜无耻地向他要蛋黄派吃，却遭到了常般若无情的无视。

墨尹无聊地试着用读心术，却发现常般若正想着：“居心不良！想打我蛋黄派的主意！不过她真的只是单纯地想吃蛋黄派吗？还是……啊！”之所以发出“啊”的声音，是因为星墨尹在了解到他的想法后，给他脑袋上来了一个栗暴。

但是还没等他想到反击，老师就来了。常班的同学慌慌张张地把水晶球放了回去。占卜课的老师头发带点花白，赫然就是星于荨说的那个老师，也是出现在图书馆里面，拿光了清藤老师的土豆饼的那个老师。

“占卜，是一门高深的学问，它不是每个人都能学好的。

但——无疑，不管你有没有天分，我们学的东西对付考试还是有用的。人们总说看不透命运，其实，命运的钥匙就在我们身边，通过一些微小的东西告诉占卜者……”刚上课，占卜老师先唠唠叨叨了这么一大段，“哦，孩子们，占卜首先要了解你身边的事物，任何的，小小的，有形的或是无形的。譬如——你们的姓名。”

她顿了一顿：“所以，今天我们这节课的第一个任务是——讲述自己名字的故事。”泠老师微笑着说。

星忆风双目空洞地望着眼前的一张苹果绿色的便利贴，耳朵上架着一支圆点花纹的笔。

不得不说，这门课真的比她们想象的无聊多了。

本以为占卜课是作业又少又好玩的课，但不幸的是，她们猜错了。

真是服了！第一节课就是这样无聊到极致的活动！讲述自己名字的故事！每个人！并且还要贴在教室的布告栏上！

真是服了！像自己这种名字能有什么故事可言嘛！爸妈都说这名字只是灵机一动突然想出来的！喂喂，泠一老师你给我写一篇出来试试看！为什么你叫“泠一”！难道很清凉的人只有你一个吗？

“雪落！你一定写好了！拿过来给我看看！”星忆风大喊大叫着向星雪落寻求支援。

“我可写得很烂的！仅供参考！”星雪落不情不愿地递过了自己的便利贴。

我姓星，名雪落。姓氏不做解释。为什么我叫“雪落”呢？是因为我妈妈喜欢下雪。我家住在南方，不怎么下雪。但是在我出生后的那一个冬天，居然下雪了！虽是这么说，但是我总不能叫“星下雪”吧！考虑到顺口程度以及文艺程度后，“星下雪”正式进化成了“星雪落”！多么可爱又传奇的故事啊！就这样，“星雪落”这个美丽的名字直到今天还没有被人们遗忘！

“嗯……非常……具有传奇色彩。”星忆风故作严肃地评价——其实她还是没有头绪。

“没有头绪是吗？来，欣赏一下炖羊肉（星梦渲的外号）的大作！”星墨尹神出鬼没地钻了出来，手里拿着一张从练习本上随便撕下来的白纸。

谁？你问老娘我啊！我就是大名鼎鼎的星梦渲！我的名字，不仅字形好看，读法好听，还有着特别的象征意义哦！

星——“干戈寥落四周星”——此句为南宋文天祥所作，即使如今战火消歇已过了无数年头，用在此处，生动形象地反映出了我爱国、有耐心等性格特点。

梦——“归梦如春水，悠悠绕故乡”——这句诗用了比拟的手法，把无形的思乡之情化作春水，体现了这种相思的绵远悠长，悠悠地绕着故乡的深切之情。生动形象地写出了星梦渲同学的爱家顾家以及孝顺的良好品质。

渲——可组词“渲染”——渲染作为一种修辞手法，更可突出星梦渲无私奉献只为衬托他人的可贵品质。

星梦渲就是老娘，老娘就是星梦渲！

星忆风评价：“如果没有‘老娘’，那就是神一样的杰作！现在有了‘老娘’，那就是散发着‘王霸之气’的神一样的杰作！”

“不过这倒是令我‘脑洞大开’……”星忆风沉思着，捕捉着那一刹那若有若无的灵感，然后她提笔开写。

“墨尹你又抢我的东西！”星梦渲暂停了时间，毫不费力地拿回了她的作品。

“大方一点嘛！”星墨尹把纸片抢回来，“我还要去给常班、凌班看呢！”

“什么?！你还要我到常班、凌班去丢人现眼？脑子没问题吧?！”星梦渲伸出手想要去揪住墨尹的耳朵。

“当然了！对了！你居然还知道丢人现眼这回事！”星墨尹手一挥，轻松地躲开了星梦渲的攻击并把纸片捏得紧紧的。

“喂喂喂！”星梦渲可不乐意了！墨尹抓得那么紧，就算是时间静止也拿不回来了！她急忙去抢。墨尹的读心术可不是盖的！她早就预测到了梦渲接下来的行动，一溜烟儿地跑了。

“完成了！”星忆风大喝一声，啪一下把笔甩在桌子上。

我叫星忆风。

很小的时候，我就开始询问父母我的名字有什么含义。但他们只说是随便翻字典查出来的。我可不满足于这个答案。

当我上小学的时候，我猜想自己名字的含义。忆风，是“回忆风声”的意思吗？我去问老师，老师笑而不语。

当我上初中的时候，我猜想自己名字的含义。忆风，是“遥想当年风华正茂时”的意思吗？我去和同学探讨，同学对这个问题可不感兴趣。

当我上高中的时候，我不再猜想名字的含义。我就是我，星忆风也许只是一个代号罢了。至于含义如何，又有什么关系呢？就算换一个名字，我也还是这个人，不会改变。

对于这篇文章，大家的看法各不相同。

星梦渲觉得这篇文章实在是太草率了，比自己的文章少了二十个字。她感受到了超越班长的乐趣。

星墨尹觉得这篇文章太没有意义了，说是说名字的含义，但是到底还是没有写清楚“星忆风”的含义到底是什么。

星雪落倒是觉得这篇文章还不错，很诗意也很生动——至少比起星梦渲的文章来说是这样的。

星忆风显然是觉得自己的文章很不错，语言流畅，并且巧妙地避开了这个名字到底是什么意思的尴尬问题。她才懒得想这是什么意思呢！她小学、初中的时候难道真想过这个问题吗？笑话！

“来来来，写好了的交给我！”星忆风站起身来要收作业。

“你是想要看我们写的东西吧？真狡猾！骗我们说要收，其实是要看。我们又不是没被你骗过！”星菀婷愤愤不平地站起身来。

“我可没骗你！”星忆风睁着无辜的双眼，“真的！老师确实叫我收来着。”

星菀婷又看向星雪落。星雪落没有作声，只是不置可否地笑了笑。

“啊……难道不是自己贴上去吗？”星棂汐惋惜地摇摇头，“老师原来不是说要自己贴上去嘛！这样可缺少了自己找位置贴的乐趣。”

“对啊！”星菀轩警惕地捏着自己的便利贴，将交未交的样子，“你又在骗我们了，对不对！”

星忆风却早已消失了。被别人揭发了真相可不是什么好玩的事情。

“走吧！”雪落和忆风一起到公告栏那边去贴便利贴。

布告栏是设立在教室边缘的移动黑板，两面各分成三块，一个班级贴一块。两人绕到布告栏的背面星班的位置，端端正正地贴好自己的便利贴。

当然了！千辛万苦写完了，又不看看别人写的，怎么好意思回去嘛！星雪落留守在布告栏的背面欣赏凌班、常班及自己班的杰作。星忆风则绕到了正面。

星雪落在心中好笑，星忆风肯定是要看看宇渝鱼的文章。

星雪落先开始欣赏自己班的。露渲写得最短——“之所以我叫星露渲，是因为我妈想不出更好的名字。”不禁令人汗颜。

机智的棂汐居然想到了从字形结构拆分名字的意义：

“棂汐”两个字，拆分后会变成“木”、“灵”、“氵”、“夕”。如果光是“灵夕”的话，就显得太过轻飘飘了，像是要飞起来，感觉不稳重。若是用个木字旁镇一下就好多了，解决了这个问题。夕即夕阳，代表着天体，三点水代表着海洋。多么伟大的名字！居然包含了这么多的东西！

但是墨尹就惨多了。她的名字能有什么惊天地泣鬼神的含义啊？但是她很聪明，她编出了一个神话故事：

关于“墨尹”这个词语的由来，有一个神奇的故事……在很久很久以前，有一个公主，她的国家突然遭受了敌国的攻击……（以下省略一个凄美的战争爱情故事）……公主得知，她必须找到一件叫作“墨尹”的武器才能使国家重归于安定……（以下省略她找这件东西的历险记）……最终她找到了这件武器，原来，所谓的“墨尹”是一个时间转换器，公主用这个让王国回到了战争发生之前，扭转了战争的命运。从此，这个国家再也没有遭遇过战争。从此，“墨尹”这个词语就表示了和平与希

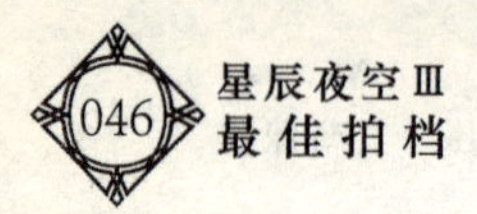

望。这就是我的名字的来源。

她写了足足得有六七百字吧，洋洋洒洒，把星雪落给吓到了。

星雪落继续去看别的。她看到常般若写得很有趣的样子，就去看了。

般若，作为佛教用语读作“波惹”，代表着某些我不愿意去仔细看的不知所云的意思。但是请注意，我叫作常般若而并非常波惹。bān ruò！它还有一个意思是代表一种日本鬼怪，不过我不怎么喜欢这种鬼，事实上，所有的鬼我都不喜欢。请不要把我跟日本鬼或是佛教联想到一起，虽然我妈喜欢拜佛，我爸喜欢看鬼故事。

不过常班的“脑洞”也是巨大了，写得都特别搞笑。真实性最高的还是一个叫作常析之的同学写的：

我叫常析之。其实我本来是叫常羲之的。我妈妈是一个书法家，她很喜欢王羲之的书法作品。我出生后，她把这个名字告诉我爸爸，没有说是哪几个字。她觉得所有的人都会理所当然地想到王羲之的那个“羲之”才对。但是她错了。我爸爸是个法医，解剖尸体的法医。所以他想到的并不是王羲之而是“切开来剖析之”，于是我的名字就从“常羲之”变成了“常析之”。

星雪落看完后不禁一乐。她跑到另一面想要去叫忆风来看看。星忆风果然在欣赏宇渝鱼的大作。星雪落其实也很好奇，宇渝鱼这么古怪的名字到底会有什么含义在里面。反正忆风还在看正面的内容，待会儿给她看反面的神作也不迟。

宇，组词“宇宙”。但由于作姓，故无意义。

渝，组词“矢志不渝”，意为永远不变心。故表示吾心之坚定。

鱼，组词“红烧鱼”，一道好吃的菜。

渝复又表示捷径的水道，渝鱼则为“水中的鱼”，又有如鱼得水之意。

这么滑稽的名字居然还真被解释得一套一套的。星雪落惊呆了！相比之下，星梦渲的神作简直就是小儿科了！

星忆风已经在旁边看得根本停不下来。星雪落也就往旁边挪挪，去看别的文章。她惊讶地发现了一篇只有四个字的文章，乃天班班长所作——“天奈：天奈我何！”

相比之下，自己班同学的“脑洞”实在是太小了！看看！这才叫霸气！星雪落深深地感受到了自己的平凡。

星雪落向来人脉很广，认识的同学中也不乏奇奇怪怪的名字的。比如她好像就记得南班有个金牛座的女生叫……南瓜……是的，你没有听错，她就叫南瓜。可怜的南瓜，有一对如此不负责任的父母……于是南瓜也没打算对这次的作业负责任。她从百度百科上找了一段关于南瓜的介绍就抄上去了。

> 南瓜，拉丁学名：Cucurbita moschata（Duch. ex Lam.），山东地区称作吊瓜，东北地区称作倭瓜。可食用，有橘黄色和青色两种，外形呈扁圆或不规则葫芦形状，未成熟果实皮脆肉质致密，可配菜、做馅，成熟果实甜面，可熬粥……

终于看够了，星雪落想起了自己绕过来的任务——拖忆风去看背面的文章。于是她恋恋不舍地离开了这个“巨大脑洞”的俱乐部，硬是把忆风拖到了背面去看。

但这时候，自由张贴以及观看的活动已经结束了。泠老师让她们都回到了自己的位子，“请同学们拿起课本，翻到第二页。”泠老师顶着满头惊艳众生的灰白头发，微笑着看着同学们，终于切入正题，“第二页上有一张掌纹对应图和掌纹代表的意义，请同学们与自己的同桌互相观察掌纹并尝试解读。注意哦！男左女右，男生要看左手，女生要看右手哦！”说罢，自己却踱到了公告板，仔细地看着每个同学的名字的故事。

“哇！我怎么都没有找到你的生命线！”星梦渲对着星露渲的手大惊失色，“露渲，你要死了吗?!”

“啊！真的！难道……啊！我……我、我要死啦！”星露渲也跟着疯狂。

“你们两个傻啊！”后排的星槿熙早就看不下去了，“你们看的是左手的示意图，当然不对啦！右手的示意图在反面！”

“槿熙，我找到了！”星于葶对着课本惊叫，“你的大拇指上奇怪的纹路，代表着突如其来的厄运！你可要小心一点啊！”

星槿熙懒得跟她解释这几根因下课在厕所里对付突然坏掉的水管而起皱的手指，并且她不理解为什么于葶居然会翻到下一课的内容。

“安静点。”正在观察名字的老师也被惊动了，“占卜是一个需要静心的过程。”

看着泠老师严厉的眼神，大家都不由得低下了脑袋。星于葶还偷偷朝星槿熙说着：“你瞧，这个死老太婆太坏了，上次尽帮着教官说话，这次连在课堂上嚷嚷也不允许了。”说这话的时候，她丝毫没想到，任何一个老师都是不允许学生在课堂上大声嚷嚷的。

“星班的同学。”泠老师好似听到了下面同学的窃窃私语，“不要以为你们通过了莫沦事件，就可以高人一等，在课堂上或者在课外不尊重老师了。”

“老师，我们并没有不尊重你的意思，只是……”善于辩驳的星棂汐在下面说着。可是泠老师并没有听她说完的兴趣。“可是……可是什么？是在课堂上大声吵闹仍然是尊重老师的表现？”泠老师冷笑着，从灯光的阴影里踱出来，可是她的脸色却好像仍然留在阴影里似的那般阴沉。

“我们没有大声吵闹。”急脾气的星棂汐站了起来。因为急切，她不由得抬高了音量。真是见鬼了，那么多的同学叽叽喳喳，凭什么专门点着我们班的同学，她心里有这样的想法，却

觉得不太好意思这样来质问老师，所以还是选择了辩解。

“就你这样梗着脖子、扯着嗓子的态度，难道还要让我来表扬你们吗？表扬你们是这样尊重师长的？”泠老师不由得就想起了当年，天赋极高的莫沦在她的课堂上学习的情景。目光始终追随着老师的脚步，思维始终紧跟着老师的问题，那是一双多么渴望求知的眼睛。可惜，竟然发生了这样的事……更可惜的是自己从来没有为他占卜未来，如果……唉……在潜意识里，泠老师总是觉得自己也是推着莫沦走向那一步的帮凶。这些复杂的思绪，一直纠缠着她。

“可是我们真的是在讨论课本上的问题呢！”激动的星菀婷也站了起来，“老师，你为什么就不能相信我们呢？”

“哦，真的是在讨论问题啊。”泠老师的声音柔软了一些，甚至让星班的同学以为在这场和老师的辩论中取得了胜利，可是泠老师依然用这种绵柔而又冷漠的声音说道，“那么，通过学习和讨论，你们已经掌握一些知识了吧？”

她没有留给星班的同学思考的时间，而是直接抛出了一个问题：“请问，占卜的基本要素有哪些？”她朝着站立的星棂汐说道，“你来说说看，让我看看你们讨论出了哪几种呢？”

星棂汐摇摇头，她刚才只是看了掌纹这一章节的内容，而且是飞速地浏览，根本就没有仔细阅读，光顾着好奇了。

“哦，我忘记了。”泠老师看着她们打开的书本大都停留在对于掌纹的说明，“刚才是让你们先看看掌纹以及掌纹代表的意义，看来是没人提前预习了！难道这就是优秀学生的学习态度？……”她不停地质问了一大堆，终于又想到了自己的正题，“那么，你应该知道掌纹中有几大线几小纹的吧？”

星棂汐求助地看了看周围的同学，没有一个能够露出恍然大悟的表情，她只能继续无奈地摇头。

“那么总该知道水星丘、木星丘、月丘吧？”

“我知道！”棂汐好像抓住了一根救命稻草，急切地把身子向前倾斜，“这个我知道！”同学们听到这句话，立刻赞许地看看星棂汐，觉得这下可算是争了一口气。棂汐轻声解释：“我曾经看过一本看手相的书。”

“很好，那么现在请你在你的手掌上找到对应的丘，第一个，水星丘在你手上的哪个位置？”

星棂汐这下却开不了口了。因为她确实不知道水星丘是指哪个位置。那本手相的书是她几年前看过的，这种小细节早就忘记了。

“这也不知道，那也不知道，你们还在说是讨论问题，而不是在胡乱讲话？”

众人都茫然地看着泠老师眉飞色舞地抛出一个又一个的问题来刁难她们。如果不是星菀婷，那么也许一直到下课，泠老师都有办法让她的问题接连不断。站着的星菀婷被无穷无尽的问题搞昏了头脑，她竟然大着声音喊道：“可是老师，刚才其他班的同学也在讨论，而你的问题，他们也答不上来，为什么只针对我们批评呢？”

这句话好像把泠老师问住了，她呆了一会儿，又瞪了星菀婷一眼：“就会找客观理由，掩盖你们的不学无术。”不等菀婷反驳，她马上又接着说，“好了，我还是先给你们笼统地介绍一下占卜，让你们有一个初步的概念，也可以增加一些学习的兴趣。”

“占卜的历史非常悠久。古人有句话：‘君子慎始，差若毫厘，谬以千里。’就是说，他们认为微小的改变产生巨大的影响。在《吕氏春秋》里记载了一件事。楚国有个叫卑梁的边境小城，有一次那里的姑娘和吴国的姑娘做游戏。在游戏时，吴国的姑娘不小心踩伤了卑梁的姑娘，于是卑梁姑娘的家人去责备吴国人。吴国人却出言不逊，令卑梁人非常恼火，报复了吴国人，这又引来了吴国人去卑梁报复，最终使得吴国和楚国因此发生了大规模的战争。从做游戏踩伤脚，一直到两国爆发大规模的战争，其中有一种命运的力量在推动。我们学习占卜就是希望能顺运而动，避免一步步走入无可挽回的境地。”

“好吧。”她略微停顿了一下，“也许你们并没有意识到占卜的重大意义，我刚才已经看过了你们每一个同学名字的故事。之所以要你们写下名字的故事，是因为这也是占卜中的一种征兆，结合你们的面相或者掌纹或者其他，更能够见微知著。为了能让你们更为重视占卜这门课程，我留下几个预言，让你们亲身感受占卜在我们生活中的重要作用。”

泠老师从布告栏随意地揭下几张写着名字故事的字条。

“哦，这是星菀轩同学的。”她放下字条，扫视了一下，看到了正注视着她的星菀轩。然后把字条塞进了桌上的一个摩挲得发亮的龟壳，龟壳的正面沿着纹路雕刻着一些小小的圆圈，像是组合成了一些图形或是字符。而龟壳的底部则是一些不认识的文字。她微闭着双眼，轻轻地摇晃着龟壳，时而把摇晃的龟壳放到耳边，时而用手指摩挲着龟壳上的圆圈。不一会儿，她就放下了龟壳，凝视着菀轩：“哦！孩子！我能看见，你下一次月考会拔得头筹！”

星菀轩激动地用崇敬的目光望着老师。星忆风则对星雪落嘀咕：“菀轩每次都是年级第一！全校都知道！”但是不知道是不是有意，嘀咕的声音稍微大了点，引来了泠老师不满的目光。

“刚才我用的就是龟壳占卜，这种占卜术有风吹法和炙烤法之分，不管用哪种方法，龟壳的年龄越大，得到的效果就越好。但是你们需要注意的是，炙烤法具有破坏龟壳的后果，虽然不需要占卜人的能力有多强，但是正确率极低。”

说完，泠老师又拿起了一张字条：“这是常记同学的。我将要用常记同学来进行预测，下面用的是竹筹占卜。”说着，她在桌面上撒开一把竹筹，并把那张写着名字故事的字条点燃，燃烧的灰烬纷纷扬扬地落在竹筹间。泠老师仔细地观察着，不时地在竹筹间轻吹一口气。她带着冰冷的声音继续说着，“记住，常记明明没有生病，却会被送入医务室，不管他是否愿意。”

泠老师又拿起一副纸牌：“这是纸牌占卜。当然，你可以选用普通的纸牌，但用普通纸牌的话更多的意义在于玩耍。”她把一张字条夹进纸牌中间。然后，又发布了新的预测：“星雪落会被纠缠。”她又一一放进了两张字条，继续说道，“星槿熙，你会做一个让你懊悔不已的梦。星于荸，既有被鲨鱼咬的疼痛，却又发出很幸运的感慨。”

冷老师又拿起了一块如同怀表形状的星盘，观察着星盘在字条上的投影，然后说道："星梦渲会被凝固潜意识。"说完她随手拿起了两张字条，重复了一遍刚才的动作，嘴里片刻不停歇地说着，"星子夜和星棂汐，虽然在舞台上有短暂的失意，但很快会被对另一种艺术的喜爱替代。"

她看着面前的水晶球："要说占卜，我最喜欢也是预测效率最高的工具，莫过于这个水晶球了。"她面对的水晶球，慢慢地靠近。从水晶球上可以看到她的脸变得异常难看，但是她没有注意这些，双手摩挲着水晶球，水晶球上雕刻的字符慢慢地发亮，直至一道淡淡的白色光华从水晶球上升腾而起，辉映着她的脸、她的头以及她的白发。原本整齐的白发一根根竖起。她把一张字条放进了这白色的光华中，白色的光华突然变成了灰色。

她转过头，看着倔强地站立着的星菀婷："至于你，星菀婷，如果不收敛自己的性子，这学期你会死在厕所边。"正在大家一片哗然的时候，"作业，通过今天所学的所有掌纹解析自己的命运，并整理这节课的知识构建。"冷老师毫不留情地说完，转身走了出去。留下了面色苍白的星菀婷和一群目瞪口呆的同学。

星菀轩照例是一回到寝室就要开始做作业的，尽管占卜作业要等到下周一再交。但她今天显然也没有了做作业的兴致。星菀婷的面色已经好了许多，这是众人努力安慰后的结果。回到了宿舍，大家又都聚在一起，再次安慰菀婷。

“菀婷，不要把这种无聊的事情放在心上，泠老师只是为了吓你才这么说的。”星忆风总是会最早过来安慰人，但她显然在这方面有心无力。

“你看，她都说了如果，说明她自己也没有信心。”星玄枫怯怯地试图做个心理分析。

“这个老太婆总爱吓人！上次就是在操场上用这样的语气恐吓我。”星于荨夸张地挥了挥手说，“她肯定是乱说的！你们都知道我对游泳没兴趣，更是从不会去海边，怎么可能被鲨鱼咬呢？尤其说是被鲨鱼咬还感到很幸运，听着就不靠谱啊。”星于荨以她自己为例子反驳。

“大家说得不错，”星槿熙也接话了，“她说我会做个懊悔不已的梦，这怎么可能呢？我从来不会把做过的梦放在心上。”

“才不会有什么事呢，难道这个老太婆的占卜术很厉害吗？只会预测一下菀轩考第一罢了，这事谁不知道啊！用得着她来预测？”星墨尹理所当然地宣布，认为这个老师不过是会耍一点小聪明罢了，“可惜的是，当时忘记了用读心术去了解她内心的想法了。”

“就凭你那么一点浅薄的读心术，还能读到我的想法？”众人惊诧地转过头，只见泠老师冷不丁站在了她们寝室里。她是怎么进来的？众人倒抽了一口冷气，还没想通这个问题，又瞬间从她的衣服上认了出来，原来是星雪落。

大家由惊慌失措变得恼羞成怒，一拥而上要惩罚星雪落。于是有人抓住她，有人挠她痒痒，让她在痛不欲生中哈哈大笑。也许是急于摆脱惩罚的心理使得大脑活动变得更为剧烈，星雪落一边摆出投降的姿势，一边大喊：“别挠了，别挠了，我想到办法了，菀婷有救了。”

“老太婆说了如果菀婷不收敛性子，那么菀婷的性子是什么呢?”她得意地停顿下来，等着其他同学的回答。

“快，说重点……”“说人话!”显然，同学们没有这样的耐心，她们又做出了挠痒的姿势。

“好吧，好吧!”星雪落也不敢再卖关子了，“菀婷的性子只不过是急躁了点、粗心了点、固执了点……”说好的不敢再卖关子呢？大家面面相觑。就连处在恍惚连着一阵恍惚，好似晕了船醒不过来的菀婷也开始瞪起了双眼：这个雪落是打算拯救我呢，还是埋汰我?

在众人不善的脸色下，星雪落终于说出了自己的想法：“不就是说菀婷死在厕所边吗？最多是在厕所边上发生了个意外而已，菀婷一个人免不了疏忽，对潜在的危险没注意到。但是如果人多呢？大家注意观察呢？总不会我们全班所有的人都死在厕所边吧！而且，预言过期也会失效，所以只要大家一起努力撑过这个学期就可以了。”

从此之后，星班同学的大规模上厕所成了全校师生的谈资。

“泠老师，星班的同学正打算破你的预言呢。现在上厕所都是全班出动，到了厕所前，先由两名同学探路。出来的时候，仍然有两名同学走在前面观察外面的状况。”某天，沉老师朝着对面的泠老师说着，还不忘好心地打探，“你说，这群小姑娘能够打破你的预言吗？”

“不得不说，这些小姑娘确实挺聪明的，也想到了办法。”冷老师用闪烁的目光看了沉老师一眼，冷冷地接着说道，“但是，想用这么小儿科的方法来打破我的预言，我只能说她们是在做梦。”说完，她又露出了得意的笑容，好似看到她的预言已经成真了。看得对面的沉老师也暗暗摇头：这还是当年经常照顾我的冷老师吗？

第四章
星玄枫五校联考

拥有魔法的天赋在别人看来一定是特别令人羡慕的，没有天赋的人可是怎么都不能来学呢！可自己却不好好学习，真是愧对于上天赐予的天赋啊……

星玄枫欢快地从食堂出来，一蹦一跳地往教室走。

今天她垂涎好久却舍不得买的水炖蛋便宜了一块钱！她好高兴哦！

“你不要我了吗?!”星槿熙一脸阴郁地赶上来，星玄枫今天吃完饭居然没有等她。

“咦？你怎么啦?”星玄枫好奇地问槿熙。星槿熙在大部分时候都不会用这样的语气说话的。

“没啥大不了的事！昨天下午放风出来玩的时候，好不容易赶上父母在魔法镇附近出差来看我，却又被他们贬得一文不值!”星槿熙耸耸肩，学着父母的腔调，“‘你也不看看隔壁翠花儿，去大城市念大学啦！而你呢？蜗居在魔法镇这种小地方！’‘以前你那幼儿园同学，老尿裤子的那个，考取了高中第一学年的特等奖学金，学费都给免了。’‘怎么又出来玩啊？星期天下午可是学习的大好时光！’诸如此类，等等，等等。”星槿熙特意念得阴阳怪气。星玄枫在听到“老尿裤子”那里时终于忍不住笑出了声。

“很好笑吗？”星槿熙双手叉腰质问道，“这一点儿也不好笑！更何况——如果你注意到的话——你会发现下星期又要月考了。”

“但干锅鱼不是说过这次月考是实战训练嘛！考魔法实践。这点咱们不是很拿手的吗？”

“拜托，拜托了！这次不仅仅是考魔法啊，选修课和占卜、天文都要考！难道你还是没有注意到，小甲虫从上上节天文课就开始不停地唠叨这码事了，还说我们这么笨简直是侮辱了他的望远镜——他的？这难道不是学校财产吗？”那个天文课老师终于透露了他姓贾名崇的事实。于是他就被冠以了“小甲虫”之名。

“快走吧！我还要复习草药课呢！”星玄枫快步向教学楼走去。

教室里比平常安静了不少。大家都在认真地复习功课——下一节的选修课要单元测验！

星玄枫得赶紧把十种常见种子及其洗礼方法背下来。她才背到蚕豆。该死的，她总记不住小麦是要放在满月月光下洗礼，还是夕阳的余晖下洗礼。她还总把红豆和雏菊弄混。待会儿铁定是要考这个的！

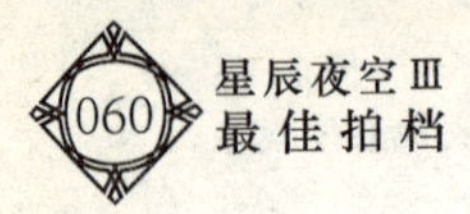

好困啊……

上课铃声把她硬生生吵醒了。星玄枫一哆嗦，她还剩下两种没背呢！她抽出几张看似要考的图表（二十四节气及其宜植花、十种常见种子及其洗礼方法、普通玫瑰花与假面玫瑰类比表）塞进口袋，一边走一边复习。

时间刚到，做好的试卷就自动批改了起来。百分制，星玄枫只考了73分。那张秘鲁红玉米根茎生长图她几乎没有画——她忘了这东西也要考。加上这10分，83分倒也是很可观的。要是她背对了红豆和雏菊，她就是87分了。若是选择题第五题她没有傻乎乎地填了一个“E”，也就是90分。啊！对了！要是她没有把“月光”写成“阳光”，那她不就是92了吗……对！没错，她应该是92分才对！

“要是我这些统统没错，我就100分了！”星槿熙无情地戳穿了玄枫的这些想法。

“你变形考了全班第一！当然会吐槽我！”星玄枫抗议槿熙站着说话不腰疼。

干锅鱼最近疯掉了，给她们布置了好多好多作业，甚至还要求她们把《一生坎坷——魔法学家扎克拉传记》看一遍。这可是一本三十万字的大部头啊！但她们还是认命地看了。

此外，干锅鱼还喜欢在自习课时走进来对着她们长篇大论地分析这次五校联考的重要性，说得好像考不好就毕不了业似的。星菀轩紧张至极地端坐听讲。就连梦渲和露渲这两个垫底王也紧张起来了。于荨情绪总是失控，就连玩石头剪刀布输了也会对她们挨个儿大吼大叫一番。搞得梦想当心理学家的南墨凌兴奋地直接冲进星班给于荨开导。开导的结果就是于荨不再对大家发脾气了，而是整天坐在座位上忧郁地一张接着一张做试卷。星菀轩已进入刷题模式。但星菀婷提醒了菀轩和于荨她们这次不考试卷，于是星于荨一下课就失踪了。她要不就是在练习隐身，要不就是在魔药教室练习做魔药。星菀轩则有了晚上死瞪着天看的习惯，试图辨认水星和金星。

星槿熙的变形课成绩倒是日益提高，她经常把于荨的所有笔都变成橡皮，搞得于荨没法写字。

星墨尹为了魔药课考试的最后一题（自己配置一种新魔药）花了大把时间。她在魔药教室里的那张桌子千疮百孔。她的围裙也溅满了洗不掉的各种颜色。她最好的成绩是做出了一大锅可以映出太阳系实时天体运行图的黑色药水，于是霸气地起名为“映星潭”。但是后来再配制的时候记错了一种成分，第二次做的时候，倒映出来的星球比例不对，统统都是一样大的小圆点。

星桸汐说自己压力很大，于是她跑到干锅鱼办公室里给她讲了半天的柏拉图与亚里士多德以舒缓压力，不过她不确定干锅鱼是否都听进去了。星槿熙复习占卜的时候，在一本课外作业上看到了一个通过手相看你是不是同性恋的测试，于是星槿熙一看到人就会冲过去看他的手相，然后认定所有的人都是同性恋。

考试日程表出来了。占卜和天文分别在周一和周五晚上考试，选修和魔法集中在星期四考试。于是同学们将所有的战火齐刷刷地对准占卜猛轰！虽说占卜也没啥好考的，才上了一个单元嘛！但她们也还是一遍遍地揣摩着这么几页教材的内容，企图发现一些隐藏的知识要点。

“我们学校已经连续垫底好几次了！”干锅鱼这么强调，“你们要给母校争光啊！”

专用教学楼被施了魔法，同学们一批一批进入考场去考试——一条走廊上有二十个考场，里面分别坐着二十个考官，一批可以二十个人同时考试。依旧按照天班到星班的次序。

玄枫算了算，全年级七十二人，自己应该排在第六十二个，第四批。事实上，她们全班都是第四批。于是她们特意等了一段时间再前往专用教学楼，正好赶上第三批刚刚进入考场内。等了大约二十分钟后，终于轮到她们了。

星玄枫略紧张地走进二号考场，里面只有一张桌子、一把椅子和一个鼻子上长了脓包的考官。

“你……你好。”星玄枫紧张地盯着考官鼻子上的脓包，她必须给考官留下一个好印象。

“现在，替我看看我的事业和命运。”考官面无表情地伸出双手。

正在紧张的星玄枫并没有听清考官的要求，她看见考官把手伸出来，想当然地以为考官是要和她握手。嗯，真是个好考官，还会用握手的礼节让考生镇静下来。星玄枫寻思着，可是为什么要同时伸出两只手呢？没听说过魔法界还有这样特殊的握手礼啊！不管了，先右手握握，再左手握握好了。

说也奇怪，握手之后，星玄枫果然镇静了不少。直到她听见考官重复了一遍：“我是在让你替我看看事业和命运。”

这让星玄枫重新乱了阵脚，她努力回想事业线是哪一条，同时她翻开考官的右手……不对！考官是男的。星玄枫放下考官的右手，拿起考官的左手，找到事业线为考官解读。

……

“噢！一塌糊涂！”星槿熙一出考场就开始狂揉自己的头发，“没有比这更糟糕的了！考官问我她的寿命，结果我一拿到她的手就习惯性地报出了她的性取向——我说她是个同性恋！”

“然后呢？”

“然后她脸色僵硬地对我说她已经结婚了，嫁了一个男的。”槿熙显得很痛苦，“我看到她在报告纸上画了一个像是‘60’的形状。”

“啊！这样啊！那我还好。”星玄枫看上去大大地松了一口气。

星菀轩脸色晴朗地从星玄枫面前走过。

“比起她我可能还差点。”星玄枫叹了口气。

接下来她们要全力对付的就是选修和魔法了。关于魔法的实践，她们没必要担心，毕竟一直在练习。选修就有点麻烦。据说这次的选修课考试会很难。

上草药课的时候，萧老师透露给她们说这次考试会考到第二章节的内容。星玄枫觉得萧老师不动声色地暗示了她那张秘鲁红玉米根茎生长图是必考的。她艰难地把那张该死的图表重新背了一遍。不过她想既然是考实践的话，那么她复习得不到位一点也应该不怎么看得出来——这么想着她突然觉得挺惭愧的。拥有魔法的天赋在别人看来一定是特别令人羡慕的，没有天赋的人可是怎么都不能来学呢！可自己却不好好学习，真是愧对上天赐予的天赋啊……

草药考试照样是开放性的全校乱跑。每个考生身上都粘上了一个魔法监考器以监督是否犯规。星玄枫接过考卷开始仔细审题。第一题是让她移植秘鲁红玉米，断根越少分数越高。这种玉米的地下根错综复杂，要是背不出那张根茎图的话也就间接完蛋了。对于这题，她很有把握，因为她早已辛辛苦苦地背出了那张图。一路做下来都很顺利，她甚至成功地将水稻种子用正确的方法催芽了。但做到最后一题的时候她卡了壳，这一题让她任意挑选一种种子用至少三种方法洗礼。小萝卜种子的洗礼方法她倒是知道五种，但可惜有三种方法要在夏至日洗礼，而今天不是。她只好选取了桃树种子，洗礼成了中国球茎果和黄油树之后又想不出别的来了，只好交卷。

星槿熙对自己的变形课成绩抱有很大的信心。她排着队，等待进入考场，同时不停地复习着课本上的知识，希望可以帮上一些忙。终于轮到她了！她进入一间小房间，里面有一个老态龙钟的考官递给她一份考卷让她照着做。星槿熙成功地完成了第一题——把笔变成橡皮——这个她已经用于荨的笔试验了上百次！在她把糖果变成锦盒的时候，她的锦盒上甚至还出现了一些刺绣图案，这令她十分满意。

当星槿熙走出考场的时候，马上被等候在边上的露渲和梦渲给拖了过去。星露渲和星梦渲作为班级中考试的老垫底，对自己的考试情况没有什么把握，于是就着急地等着槿熙出来，和她交换考试的心得。露渲是在把笔变成橡皮的时候，变出了长条状，细细的，与原来的笔形状接近的橡皮；而梦渲则是把笔变成了扁扁的圆形橡皮。当她们两人两相对照的时候，都觉得自己的方法更为正确，所以也应该更高，谁也说服不了谁。当她们听到槿熙说起她变的橡皮是一块苹果状，有内外层之分的橡皮后，实在是摸不着头脑。怎样才算是好的作品呢？平日里老师上课的时候好像并没有强调这一点，平时的练习也只要是变成橡皮就行了。于是她们决定等雪落出来的时候，再问问雪落变出了什么样的橡皮。可是正在此时，一道黑影闪过。几人一时没反应过来，只是愣愣地待在原地。

紧接着，星雪落尖叫着跑了出来，循着黑影的方向跑了过去。她们三个不知道发生了什么事情，下意识地赶忙跟上。

只见雪落在前面一会儿钻进树丛，一会儿撩开枯草。从她一边寻找一边断断续续的描述中，她们终于知道，雪落在考试的时候把一只蜗牛意外地变成了一只老鼠。老鼠在房间里欢快地跑来跑去，在被考官变回了原状前顺利地从房间里逃脱。而现在雪落的任务就是追回这只老鼠。

“哪儿来的蜗牛啊？”星露渲觉得奇怪。

“是考官的宠物呢！幸亏这只老鼠已经被考官的魔法影响

了。”星雪落一边在草丛里搜索，一边说着，“这只老鼠的背上已经有了一块硬壳，应该不难和其他老鼠区别开来的。”

“那么雪落你的变形课成绩会不会不及格啊？”星露渲一边帮助雪落追寻老鼠的下落，一边想了很久，才问了雪落这个问题。这个问题很难问出口的原因就是，如果雪落的变形课不及格，那么她是不是就能避免考最后一名呢？但是这样好像有点幸灾乐祸的嫌疑呢，不太好，不太好。但最后她还是纠结着问了出来。

“才不是呢！”星雪落头也不回地回答她，“我听到了考官的窃窃私语，说我变的这只老鼠最灵活、最具有老鼠的典型身材，竟然还让它逃过了考官的施法。离完美只差着一点点哪！因为它还是被考官的施法影响了，所以它的背上才长出一片硬壳。要不，真的和其他老鼠一样的话，我还真没办法把它找出来呢。”

“可是，变形效果消失了，它不就变回原来的样子了吗？”星梦渲在旁边插嘴，“何必这么费力去找？”

“可如果到时候它已经钻到老鼠洞里去了，你叫我怎么去把它找出来。”星雪落没好气地回答。

“一只蜗牛罢了，真的找不回来也没有什么啊。”星槿熙没听清前面雪落说的话，感觉很好奇。

“可这是考官的宠物！我也不知道考官们到底是咋想的，干吗自己不去找。他们就告诉我，如果能够把蜗牛找回来，会考虑给我一个特别的分数。”星雪落的语气里夹杂着气愤和期待。

魔药考试貌似更有考试的氛围。整间教室里坐满了人。星菀婷正在研究她的考卷。考卷上只有两道题目。一道题目让她配制出Hokicy（一种强效清洗剂），另一道就是自由配制出一种魔药了。每个座位之间的魔法屏障令她看不见其他人的药材和锅里的药水。但看大家在锅子里努力搅拌的样子，恐怕他们已经开始制作了。星菀婷也拿出药材制作。先滴三滴风草汁液，再倒上一整瓶的白蝙蝠血液，用勺子在锅中划十字……她把步骤记得很牢。药水如她所愿变成了孔雀蓝色。但可惜的是，在她装瓶的时候一只苍蝇掉进去了。魔药里的杂质越多，效力就越差。尽管她迅速把苍蝇捞了出来，但药水还是不可避免地变成了蓝绿色。她本想重做，但一来时间不够，二来孔雀蓝和蓝绿色其实差别也不大，她就没有再做。

至于第二题的话，跟所有的人一样，她早就准备好了。她准备制作的是一种生发灵。一滴就可以让头发长长一倍，并且发色会变成原先发色的对比色。可怕的是，她貌似放错了一种成分，导致新长出的头发发色和原来一样了。不过这样也是不错的。

时间不多了，星菀婷努力地把药水做得好一些。但她终究还是按捺不住内心的急躁，提早把魔药交了上去，然后手脚麻利地跑出了考场。她想要赶紧跑出阴冷的走廊回到教室。但在她走出门边的时候却被莫名其妙地反弹了回来。她这才想起来外面的草药考试还在进行。她让身体保持一个舒适的温度，倚着墙边像个傻瓜似的站着。扫地大妈走过，狐疑地看了她几眼，大概以为她作弊后被赶出来了呢！星菀婷又突然想回到考场去了。

仿佛过了一个多世纪后，考试终于结束了。星菀婷大松一口气，和同班同学一起说说笑笑地走回教室。

干锅鱼好像完全没有看见同学们应付考试的艰辛似的，恨不得快快地摧毁掉她们脆弱的小心脏，迫不及待地追问她们的考试情况。

我的天哪！光是经历了一次考试难道还不够糟糕吗?!

魔法学校的考试成绩总是出来得那么快。才第二天，考试成绩及年级排名就出来了。梦渲、露渲俩垫底王毫无悬念地排在第六十九名。但她们不怕。她们爸妈可不知道她们全年级只有七十二个人，他们甚至还为孩子从来没有考出过一百多名而感到骄傲呢！当然，她们必须保证自己不会说漏嘴。星玄枫依旧是考了第三十几名，但她已经很满意了。由于考试形式变换，很多学霸都悲哀地名落孙山。星菀轩以一分之差勉强超过第二名。但以“学霸”闻名全年级的宇班就惨了，半数的人没有进前三十名。宇宙甚至考了倒数第二！而倒数第一则被常记占去了。

星子魔法高校在此次五校联考中光荣地拿了第三。

“我们原本可以拿第一的！如果宇班没有发挥失常的话！”干锅鱼严肃地说。

第五章
星忆风与预言一

“于老师！其实是这样的：常……记拉肚子了！常析之上来找我们借卫生纸！”

星雪落拖着忆风在看学校宣传栏里的文章，可别小看这个宣传栏，其中就有一些是雪落的八卦来源。

“就这点？”忆风费解地看着雪落，“有什么隐含内容吗？”

“是啊，挺无聊的，对吧？和其他的比起来，实在没什么亮点。”一个响亮的声音冷不丁地从背后响起。星雪落被吓了一跳，不过没有表现出来。她回头一看，是刚才在旁边看的那个家伙。她直接屏蔽掉，继续看宣传栏上的神作。

“其实也还可以，至少真实性是比较高的。”星忆风回过头来，对那个男生耸耸肩。

“不错，不错，我也觉得作者把精神的高冷和反抗方式的世俗化结合在一起，看上去有一定的真实性。”男生轻轻一笑。

星雪落突然想起来他是谁了。此人平时存在感不很高，尽管和他接触过，但是她乍一看居然还是没认出来。

时间追溯到星雪落变形考试的时候。星雪落在考试时把一只蜗牛意外地变成了一只老鼠。老鼠在房间里欢快地跑来跑去，考官在视线受阻的情况下，施法影响了老鼠，使得老鼠的背上长出了一片硬壳。尽管如此，老鼠还是从考场逃脱了。星雪落接到考官的命令，要求她把老鼠找回来。同样参加了变形考试的梦渲、露渲和槿熙，也一起帮助雪落追寻老鼠的下落。

老鼠在草丛里穿来穿去，在篱笆下钻进钻出。这下可累坏了她们几个女生。有心想再把老鼠变个形，可是她们还没有学到怎么将较大形的动物恢复原状。

累得气喘吁吁的星梦渲还在不停地嘀咕："要是子夜在就好了，给这只臭老鼠浇上一身缓慢剂。"

"你以为她会随身带上缓慢剂啊！"星露渲可不这么认为，"何况，她们还不一定学到缓慢剂的制作了呢。"

"幸亏考官已经施法影响到这只老鼠了。"星雪落感到万幸，"要不然，老鼠跑那么快，那么溜，我们上哪儿去追啊?!"

几个人一边围追堵截着，一边还有一些闲心聊上几句。她们的围追堵截也有了效果，老鼠逐渐地被赶到了一块石碑前。

"这下，你没地方可逃了吧！"星雪落看到了成功的希望，感到非常得意。但她得意的脸色瞬间变得惊异无比。老鼠纵身一跃，一头扎向了石碑。

“哎哟，乖乖，我们只是抓你回去罢了。”星槿熙叹了口气，“何必寻死呢？”

这下不得不捡个死老鼠回去了，几个人都这样想。可是事情的发展，并非如她们所预料。星雪落发现，石碑上的文字竟然波动起来，就像水面泛起的涟漪。随之发生的，是老鼠从脑袋开始，慢慢陷入了石碑。如果石碑不是竖立着的，星雪落简直怀疑这是一片流沙地。

星槿熙看得目瞪口呆，而星雪落则眼疾手快地扑了上去，拉住了老鼠的尾巴。顿时，正在往石碑里陷入的老鼠就被拉回来了一些。可星雪落还没顾上得意呢，就感觉老鼠好像被石碑里面的什么东西抓住了，再也无法向外拉动半分。她赶紧示意槿熙她们帮忙，在她们四个人的齐心协力下，才终于像拔萝卜般把老鼠从石碑里拔了出来。没想到的是，平日说拔出萝卜带出泥，而这回，拔出老鼠带出的竟然是——一个人。

常析之也不知道今天会这么倒霉。在考试结束后，他闲逛到这里，看到了这块石碑。无聊的他用脚尖踢起了一块石子，而下一刻，他惊奇地发现石子被石碑吞没了，只在石碑的表面留下一圈如湖面上的涟漪。他好奇地把手伸了过去，想摸摸看石碑到底是硬的还是软的。没料到，这一摸可不得了，他竟然陷入石碑里去了。他感到懊恼，明明站在地面上，为什么脚上就使不出一点力呢？竟然在一个竖直的平面上陷入进去，就像陷入流沙一般，以后说起来，还不知要受到多少嘲笑呢。但眼前的事已经让他顾不得今后会受到嘲笑了，他惊呼着：“救命，救命……”但显然，没有人会到这么个偏僻的地方来。他无奈地接受了彻底陷入的命运。

进入石碑里面，他发现这是一个不算太大的空间，四周的墙上，雕刻着一些奇形怪状的动物，都是他前所未闻的。面前有一个通道，上面是两个散发着微弱光芒的大字“地宫”。通道幽深黑暗，像是一个巨兽，正张着血盆大口。

“这是什么地方?”常析之思忖着，“看上去不像善地，还是尽早离开吧。”他转过身，试图找到刚才进来的入口，但平直坚硬的触感，让他感觉到这就是一块石壁，根本没有门窗之类可以出入的通道。

“有人在吗?”常析之声音颤抖地喊了一声，“别跟我开这样的玩笑啦!”可是，这狭窄的空间竟然好像能吸收声音，常析之刚喊出口的声音，瞬间消失了。没听说学校里有这样一个地方啊！他心想着，是不是有人设置了一个结界来吓唬人呢?对了，肯定是的，心慌不已的常析之用这样的想法来麻痹自己，以免自己陷入更大的恐慌中。但这时，他不得不恐慌了，因为他发现墙壁上的动物好像开始活动起来，虽然只是微微地活动，但是他明显感觉到了它们的变化。一只身材娇小，形似兔子，但头上顶着一个犀牛般的角的动物，张了张嘴，露出了满口的獠牙。另一只像是老鼠，背上还长着翅膀的动物，闪烁了一下眼睛，现出了两点红光……

“别吓人啦!”常析之颤抖着说道，“人吓人，吓死人啊!”但他发出的声音瞬间就消失了，就像他从来没有出声过。

这时，常析之感到有什么东西拽住了他的衣角，正努力地想要拉动他。他在极度的惊恐中摆出了这样一个姿势——瞪大双眼，张大嘴巴，双手呈爪子状摆在脑袋两边，装作一个面目狰狞，像是要随时扑出去捕食的野兽一般。也是因为这个姿势，让他后悔不已——本来，可以摆出一个又帅又酷的姿势来的。

于是，星雪落她们就看到了这样一个被拔出来的人。她们齐齐地受到了惊吓。好家伙，躲在这里玩吓人的恶作剧啊！正当她们用白眼和骂声在向他招呼的时候，常析之大喊了一句："千万不要摸这块石碑！这里有个只进不出的地宫！"然后转身飞奔而走了。

"地宫？"星槿熙寻思着，"怎么感觉挺耳熟的。"

"不就是刚才听到了吗？"星露渲大大咧咧地上去摸了一下，"设个结界来吓唬人，亏他想得出来，还摆在这么偏僻的地方……你们看，现在什么事都没有了吧。"说着，她还用力地拍了拍石碑，石碑纹丝不动。

"生活部小干事常析之。"星雪落扭过头非常果断地说。

"难怪认识我呢！"星忆风恍然大悟，"我还想呢！除了学生会的在会议上见过我之外，哪个正常人会没事找事去研读学生会成员表呢！"

这句话信息量略大，常析之一时间没反应过来。当然啦！作为一个整天只知道和一群男生在篮球场、足球场上疯跑的光荣后进生怎么可能立刻明白从来没有跳出过年级前十五名的忆风大大的意思呢？

“啊！你一定是星雪落了！”他正和忆风聊得热火朝天的时候，突然转过头对星雪落说话了，“我喜欢你很久了。”如此惊心动魄的话语，在他嘴里居然可以说得像“今天天气真好”一样镇定自若。说完后，他又把头转回去继续和忆风聊天了。

星雪落在风中凌乱……这句话信息量也略大……从小到大，讨厌她的人不少，说到喜欢她的人嘛，应该也不少，但喜欢她的异性比大熊猫还珍稀。夸张一点说，那是史无前例。不对，这么镇定自若的语气是表白时该用的吗？这句话里一定有某种内涵……她该如何作答……

沉默了半晌，星雪落经过深思熟虑后回答的却是这么一句：“你玩我呢？”表情之镇定，已经达到了过分的程度，不亚于墨尹在食堂就餐时发现菜里有一只苍蝇。

“没玩你！我可是很认真的！”常析之同学眼观六路耳听八方，在和忆风聊天的同时还能听得见雪落的话。他一直后悔于那天出来的姿势，让他不敢直面星雪落，没想到，今天无意中的闲逛，倒是让他有了一个说出心里话的机会。这时候，忆风也不聊了，饶有兴致地在旁边看着。

“你这是表白吗?”雪落想瞪他一眼，无奈身高有差距，仰起头来瞪又有损她自己的威风。于是她干脆眯起了眼睛，一副忍无可忍的样子。

“咦？难道不是吗?”常析之纳闷地摸着自己的脑袋。

“乖孩子，回去上网查查表白是什么，再找人表白吧！”星雪落关爱地看着他。其实这句话配上摸头的动作会更好。可是……身高……你懂的。

常析之竟然很听话地跑掉了，看来他也感觉到了自己的表白乏善可陈。星雪落看他消失在拐角处后，立刻拉着忆风跑了。

“咦？我们为什么要跑呀！”星忆风感到非常不满，“多好的剧情啊！雪落你终于有人追了！长得还不算差，你就从了吧！”

“从了他？”星雪落惊叹，“你难道没看出他精神有问题吗？脑子正常的人怎么会喜欢我嘛！”

“你就不要自谦无底线了……”忆风劝说，“你不过有点微胖，身材有点微矮，有些人就是喜欢你这样看着就喜庆的人呢！一看你，就知道你开朗、随和。”还没等她把脑海里泛起的奉承话说完，她们已经跑回了班级。

“那我去打听打听他到底是不是脑子不正常。”这时班级里只有正捧着手机看的星梦渲和一边吃苹果一边吃橘子的星棂汐。星雪落觉得自己去问会显得突兀。让梦渲去的话她大概会直接跑到常班门口大喝一声“星雪落问你们班常析之脑子是不是有问题”，于是这个光荣的任务就交给棂汐了。

“喂，你们班的常析之脑子是不是有问题啊？”棂汐警惕地用手遮住嘴问常记。

“……什么？”常记被惊呆了，“智商蛮正常的啊！”

“没毛病！”棂汐汇报了结论，回到座位上，看着吃了一半的苹果，抓抓头皮，又从书包里掏出了一块不知道什么品种的瓜果，就着苹果一起吃。

“哦。”星雪落想想也是，再想想他跑着回去的情景，这个家伙最近一阵子大概是不会再来了吧?

晚上九点，寝室刚熄灯，门外就响起了敲门声……

放心吧！会敲门的不会是鬼！熄灯后没来得及回到房间的星子夜勇敢地拿着手电筒去开门了。

门外是一张被烛光映衬着的苍白的脸！星子夜吓得直接把手电筒扔地上了："鬼啊！"她惊叫了一声，然后就簌簌发抖起来。

"你好，星雪落在吗?""鬼"诚恳地说。见子夜被吓得毫无动静，他又把蜡烛放在旁边，捡起手电筒塞回了子夜的手里。

刚钻进被窝又被迫走出来的星雪落气呼呼地坐在一张单人沙发上。常析之非常耐心地掏出一大盒蜡烛耐心地在沙发旁边摆成一个面对雪落的心形，然后又把它们点燃。再然后，他冒着差点烧到裤子的危险，小心地跨进爱心，又从口袋里掏出一小块豆腐干，费力地花了半天的时间打开，原来是一张折小了的A4纸。常析之把它仔细地拉平，酝酿了一下感情，开始抑扬顿挫地朗诵。

"很久之前我就注意到了你，第一眼看见你我就对你一见钟情。啊！愿为你种下一片相思树的森林！……"一听就是从网上七拼八凑来的作品。

"我一直都很喜欢你，你在女生中最与众不同！啊！愿为你种下一片相思树的森林！……"那句"啊！愿为你种下一片相思树的森林！"在全文中重复出现了不下八次。星雪落听得都腻烦了。然后她又听到了这么一句："接下来我要为你唱一首美丽的情歌！"

星雪落直接笑喷了。传说常析之是一个比柯南还要柯南的音乐白痴，真的很想亲耳听听他唱歌。

"我种下一颗种子，终于长出了果实。苍茫的天涯是我的爱，你是我天边最美的云彩。亲爱的姑娘，我爱上了你。你是我的小呀小苹果……"当他用奏哀乐一般的调子艰难地唱出这一大串混搭歌词时，在场围观的群众都被惊呆了！

"里面什么声音啊？开门，我是宿管阿姨！"

大家都吓了一跳！要知道，被宿管阿姨检查到熄灯了还不睡觉并且还串门的话，两个班都是要被扣分的！

星班同学都不是落井下石之辈！更何况，她们都很看好这位"姐夫"。于是乎，众志成城。

星子夜想直接用水魔法灭掉蜡烛。但由于宿管阿姨们身上都携带有一个防魔法的香囊，她们所到之处，相当于启动了外挂程序，使得魔法都失效，她只好拿起桌上的水杯往上泼。星忆风用地毯把蜡烛都包了起来扔到了浴缸里。其他人已经逼迫常析之把那张纸给吃了下去。但还没来得及把常析之藏起来，阿姨就进来了……

"为什么常析之会来到你们宿舍里？为什么你们过了熄灯时间还不睡觉？"干锅鱼板着脸，"星忆风，你是班长，你来回答我！"

"于老师！其实是这样的：常……记拉肚子了！常析之上

来找我们借卫生纸!”星忆风理直气壮地说。

“那为什么他要找女生借?凌班就在他们楼下!”

“我们也这么问来着!但是……这七层楼的六个班级,只有我们这层楼有纸!”

干锅鱼当然不相信。但当她去挨个儿询问另外五个班的班长时,获得的口供却是惊人的一致!天班宇班南班凌班都说常析之曾经也去他们那里借过卫生纸,而他们都正好没有卫生纸了!常班则说常记确实拉肚子,常析之据说是去向楼下凌班借草纸,结果去了好久。常记还在医务室躺着呢!

事实上是这样的:星墨尹早就用心灵感应和别的几个班的班长对了口供。他们宿舍里的卫生纸都被各自班的同学快速销毁掉了。可怜的常记被他们用强硬手段灌下了泻药,眼下是真的躺在了医务室里……不过作为回报,星墨尹把所有星雪落和常析之之间的八卦都分享了出去。虽说寝室总算没扣分,但现在全年级都知道了这一对儿的事。

那一天,小卖部卫生纸的销量格外好。

第六章
星墨尹与传说中的穿越

星墨尹闭上眼睛，她直到现在还不敢确定这件事的真实性。或许明天醒来，她还是躺在自己的世界里吧！

“死了都要爱！不淋漓尽致不痛快……”当常析之比柯南还要柯南的跑调歌声再度出现在星班宿舍楼下时，雪落差点就一口乌血喷在墙上。自从知道了这条八卦新闻后，全年级都在力挺常析之追星雪落。常班的不用说了，果断支持，别的班也兴奋得不正常。天晴海总会及时赶到出现率越来越高的表白现场帮常析之消音，让老师和路人甲乙丙丁都听不见。会控制人脑制造幻觉的南瓜随时待命，万一老师出现了，就准备把表白的场景从他们脑袋里删除掉。可她也不想想，就凭她那点微末道行，能把老师给怎么样？宇宙把自己的高级吉他无怨无悔地借给了常析之，眼下这把价格不菲的吉他正在常析之这个业余选手的手里发出破锣般的噪音……

“拜托你们做点什么好不好?!”星雪落鄙视地看着虽说没

做什么有损她的事，但也没做什么制止常析之的事，正津津有味看好戏的十一个同学。

“这就是爱的力量！”

“真挚的爱是我们所无法阻挡的……”

“没有去撮合你们已经觉得够罪恶的了！要是把你们生生拆散那可怎么办?！悲莫悲兮生别离！”

算了，星雪落觉得求人不如求己。

她第三次端来自己昨晚的洗脚水，从窗口倒了下去。

又不知道哪个天杀的家伙，这回竟然用魔法把半空中的水滴全变成了桃花瓣，飘飘荡荡地往下落。

“哇！好浪漫哦！”星班宿舍里笑成一团。

真的是忍无可忍。星雪落这样想着。她走到窗前，向下大吼那句俗套却管用的台词：“常析之你喜欢我哪里，我改还不行吗?！”

常析之微微一笑，抬头大喊：“我就是喜欢你不喜欢我！”

算了！星雪落愤愤地离开了窗前，走进了自己的房间，砰地一下关上了门。

寝室大门突然打开了，门外是一群好事者，把常析之簇拥在最前面。现在常析之也有点慌了，惊恐地大喊着“我们足球社的活动要开始啦！迟到的话会被教练罚跑的！”之类的话，死活要往后挤。

“喂！你们最好不要再进来了！两个主角都不情愿，你们撮合有什么意思啊?”星忆风威严地劝解大家。

“喂！同学们！自己魔法有用的就拿出来帮忙撮合啊！”不

知道谁喊了一声。

“不好！”星槿熙大叫一声，这群疯子胡乱施法的结果可不见得是好事，把房子炸掉都有可能！她钻进结界。星玄枫在角落里专心地预测着未来，可怎么也看不真切。星忆风操纵飞来咒，所有的樟脑球都在空中待命，随时准备攻击肇事者。星露渲正忙着把梦渲房里的棉花扯下来变硬做子弹。星雪落赶紧易容了，虽说不知道有什么用，可她也只有这一招啊！星棂汐吓得飞到了天花板上。星墨尹正在研究对手心里的计划。星于荨立刻隐身。星菀轩瞬移到了自己房间以躲避灾难。星子夜的指尖上渗出水珠，处于一级警戒状态。星菀婷当作没看见，躺在沙发上练习控温。星梦渲则在大家的魔法都准备发射的时候静止了时间……

一个巨大的光球无视静止的时间将整个房间吞没了……

星墨尹脸部着地趴在一个东西上面，像是一个巨大的木板搭建的舞台……她揉揉眼睛，站了起来。发现另外十一个伙伴也东倒西歪地趴在附近，有几个正晃晃悠悠地站起来。她和棂汐赶紧去扶倒在一个巨大糖罐边的于荨。

等等！巨大的糖罐！巨大?!

她惊奇地环顾四周，四周全是巨大的东西！巨大的本子，巨大的钢笔，巨大的耳机……甚至还有一台巨大的电脑和一个巨大的键盘！连那个糖罐都比她高了不止一个头！十二个伙伴立刻聚集在了一起。

“难道我们进入了传说中的巨人国？”星墨尹四处一打量，

这张巨大的桌子前，还坐着一个巨大的短发女孩！

女孩看上去年龄比她们还要小上两三岁，正惊讶地看着她们。十二人立刻又进入了戒备状态。星雪落又易了容，而星棂汐则飞到糖罐里躲了起来。

等等……这个人看上去有点面熟……对了！她除了发色和发型外，别的五官特征简直和星棂汐一模一样！星于荨也注意到了这一点。两人倒吸了一口凉气。

女孩带着疑惑的表情低下头看着站在最前面的几人，轻声说："墨尹？于荨？菀轩？"

"你认识我们？"星雪落戒备地看着她。

"星雪落，别换个脸面装深沉了！"女孩鄙视地看着她，"我当然认识你们！我比你们自己还认识你们！"她把星棂汐从糖罐里掏了出来，又看看罐子里，"星棂汐！你给我从实招来！我的最后一块糖是不是被你吃了？"

星棂汐委屈地从背后扛出一块糖来，也不知道她怎么能把这块不比她矮多少的糖藏到背后的。

"你是谁?！你为什么认识我们?！"星忆风勇敢地向她提问。

"我还想问你们是怎么跑出来的呢！"女孩瞪瞪星忆风，"我知道这可能很难相信……但你们都是我的小说里的人物……我是塑造了你们形象的作者，棂汐。"

"哎哎哎……"星棂汐一脸呆萌地看着棂汐。

"我一直说我们俩是两个不同的人，你叫星棂汐，我叫棂汐。"棂汐欢快地笑了。

星梦渲和星露渲已经跑到了电脑面，电脑屏幕上是一个文档，光标停在最后一句“一个巨大的光球无视静止的时间将整个房间吞没了……”的省略号后面，一闪一闪的。

“不信是吧？”棂汐把她们放在一本本子上，单手托起来，给她们看了《星辰夜空Ⅰ 疯狂三人帮》的文档。那是她们的第一个学期。

嗯，这是飞机上遇到星梦渲和星露渲的场景，星墨尹想起了梦渲喝掉了一杯加了过量奶精的咖啡，不由得打了个战。直到现在她仍不能忘记，实在是因为给她造成了巨大的视觉冲击。这是她们的寝室，北极星777。里面各种不同的陈设虽然已是司空见惯，但在文章里形容出来，还是让她们觉得耳目一新。接下来，测试魔法的场景，与老师战斗的场景，都让她们身临其境。这让她们不信也得信。毕竟她们都是学过魔法的人，对于这种超自然现象比较能理解。

“那么，你怎么能这样？”星棂汐自认为和棂汐更为亲近一些，就开始对着她发泄自己的不满。

“我怎么啦？”棂汐表示不能理解。

“你竟然把我们写成这样，还让不让我们永远做好姐妹啦？”星棂汐的眼泪在眼眶中打转。

众人先是愕然，后来又突然反应了过来。特别是星菀轩，她尤为激动：“是的，为什么你要让菀婷去死呢？”

“竟然不让菀婷活了！”

“还要让她死在厕所边！”

“为什么这么残忍？”

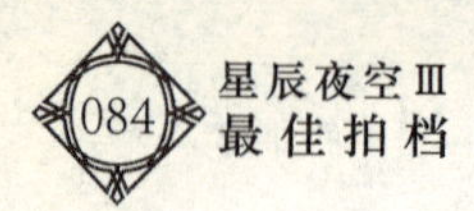

……

在众人纷纷的指责中，棂汐却像是开小差被老师忽然提问的学生，一脸迷茫地面对着她们："什么叫让菀婷去死?"

"你说，啊不，泠老师说，啊不对，其实就是你说的……"星菀轩面对着这个始作俑者，如同哥伦布面对着新大陆，有点慌不择言。其实，她心里更多的是高兴，她觉得找到了破解预言的办法，而这个难题，正好落在棂汐的头上。她干脆停了下来，让自己做了几个深呼吸。破例地，其他的人并没有来插话。

"你让泠老师说了一句预言：'至于你，星菀婷，如果不收敛自己的性子，这学期你会死在厕所边。'"

"是啊！是啊！虽说人生自古谁无死。但你让菀婷死，还要死在厕所边，尤其还定下了期限，就在这个学期。你说你和我们有什么深仇大恨啊？我们还都是你创作的人物呢！你竟然这么狠心?!"脾气不好的星墨尹直接向棂汐开炮。

可怜的棂汐被这些小人儿用言语围攻着，既没法还嘴，也没法躲避。但她想来想去，好像没有让菀婷死去这样一段情节设置啊，难道是哪里出了问题？她把她的困惑向这些小人儿说了一遍，大家听后静默了下来。

这时，还是心理强大的星菀婷开始说话了："难道，我们过的生活，和作者创作的世界并不完全相同?"

可是不对啊！明明刚才说的场景都是一模一样的呢！为了解决这个疑惑，只有再一一来核对一遍了。

"后来，我们得到了一个穿越游戏的飞镖盘，集齐了我们所有姐妹的聪明才智，终于破解了谜题，进入游戏……”说起破解谜题这件事，星菀轩不由得有些得意。确实，在经历多次失败后获得成功，就像是花了好多时间解开了一道数学难题，解开的那一刻，全身心的放松，那种清爽，没有经历过的人很难体会。星菀轩深吸一口气，微闭着眼睛，仿佛置身于刚刚解开难题的时刻，忽略了棂汐喊出了一声：“停！停！停！”

众人知道星菀轩的这个毛病，并没有理她。哎！典型的“学霸”，俺们小老百姓没法走入她强大的内心世界呢！

她们都齐齐地向棂汐行起了注目礼，并用目光向棂汐发射一个个问号。

“我写的穿越游戏飞镖盘并没有什么谜题啊，谁都可以进去玩。”

“可是，我们经历的并不是这样啊，真的有谜题，而且是超难的那种，那个说明书先生最有趣了，刚开始的时候还自己害怕自己。我们费了九牛二虎之力才逃脱的，粉碎了莫沦的第一个阴谋。”

“莫沦倒是有，可他是一个大魔头，我写的就是你们费尽千辛万苦打败他啊！但是穿越游戏飞镖盘不过是个游戏而已，完全与莫沦无关啊！”

“难道打败莫沦不是学校的一个测试？”星菀轩带着怀疑的口气问道。

“什么测试？莫沦是个大魔头，他想控制学校，但是被你们联合起来打败了啊？”

“啊！……”大家终于明白了，她们所处的世界并不完全

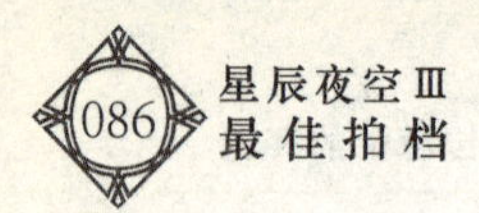

和棂汐笔下的世界一样。在某个大家都不知道的地方，一只蝴蝶扇了扇翅膀，结果改变了世界运行的轨迹。

可是，为什么会这样呢？

“也许是有许多的平行世界吧？我写的，你们所处的，都是不同的平行世界。”棂汐的脑洞总是开得很大。

接受了棂汐的说法，大家便沉默下来，再没有了开始时的激动。每个人的心里都不好受。尤其是星菀轩，刚才还觉得希望就在眼前，转眼间又如肥皂泡般“啪”地破灭了。

“那我们还是快点回去吧！”既然在这里也没有什么希望，还不如回到自己的世界再想办法呢。好歹不像这里，自己超级小，周围的物体都是超级大，心头时常萦绕着危机感。星菀轩心里想着。

“回去，怎么回？”星墨尹和星槿熙齐齐地质问她。

“把我们写回去呗！”星菀轩不甘示弱，仰起头，挺起胸回答，可是说完之后，看着众人一齐盯着她看的眼神充满了鄙视之情，不由得头也低了，胸也塌了。原来她也想到了她们刚才正在谈论的内容，那正是棂汐笔下的世界和她们所处的世界还是有些不同的。但“学霸”到底是“学霸”，只一瞬间，她又抬头挺胸了：“在《魔法世界杂论》里，我们可以知道，并不是每个魔法世界都是平行的，互不干涉的。恰恰相反，相同类型越多的不同魔法世界，它们有交集的可能性就越大。”说完之后，她又得意地“哼”了两下，然后保持了一个45度角抬头仰望天空的姿势。她又忘记了，正是她平时有点孤傲的表现，刚开始时并不被星班的同学认同。幸亏在莫沦事件中，她心底的善良和爱表现了出来，重新赢得了大家的尊敬，这才被大家视为亲密的队友。

“哦！……”众人用拖长的惊叹声掩盖自己的无知，眼神里也不再含有鄙视。而星梦渲和星露渲，则换上了崇拜的眼神。

“你们看，这两个世界的人物是不是有很多相同之处?”

“是不是都有莫沦这个角色存在?”

“学校是一样的吧?”

“就连槿熙和玄枫的上学之路也一模一样吧?”

“我们的魔法属性也是如此吧?”

对于星菀轩提出的一个个问题，众人都含含糊糊地答应着“是”。而且她们的声音越来越小，至于星菀轩的声音呢，虽然只是一个人，却是越来越响。星菀轩一方的气势像是正在充气的气球，越来越大；另一方虽然有十一个人，应和的声音却越来越低，像秋天里被霜打过的白菜，彻底地蔫了。

但到底能不能写回去呢？星菀轩心里也没底，所以她也见好就收，对桵汐说：“那还是快点把我们写回去吧！”

“慢着！先让我带点纪念品回去。”星桵汐在桌子上到处乱逛，最终看中了音箱上面的一小盆水培植物。她觉得她和她们还是不同的，这毕竟是在桵汐家里，就像在她家里差不多，得整点纪念品回去，好歹算是没有白来一趟。

“拿好了吧！”桵汐笑嘻嘻的，“我可要开始写了！”

“嗯！”星桵汐坐在瓶子的边缘。然后她一滑……瓶子翻了……整瓶水都泼到了电脑上！电脑瞬间黑屏！

“还好我保存了!”棂汐吓了一跳。她眼疾手快地把十二个手掌大的小人塞到了抽屉里。透过抽屉的缝隙，星墨尹看到棂汐正在快速地替电脑做急救。看她们都躲好了，这才放声大叫了一声:“老爸!……”

无奈万能的老爸也修不好这电脑，还顺便把棂汐骂了一顿，指责了一番棂汐平时总有的大大咧咧的毛病后，扛着电脑前往修理店去了。

棂汐长舒一口气，找了一个肯德基的塑料袋子把大家都装了进去。

“喂喂!你要干什么?!”星墨尹大喊，“杀人灭口吗?!”

“嘘——我会把你们带到安全的地方。”棂汐皱起眉头，“你们想想，像你们这样的超自然小人要是被成年人看到了会怎么样!关进动物园展览都不一定!”

想想也对，十二人一时都不敢作声。

棂汐走进自己的卧室，坐在写字台前开始写作业。她把门窗关得严严实实的，又把抽屉拉开了一条缝，告诉她们一听到响动就跳进去，然后才把她们放在书桌上，任由她们跑来跑去。

星棂汐、星于荨和星墨尹三人组在书桌上到处看来看去。反正一时也回不去了，这样倒也好玩。好学的星于荨去看棂汐的作业本——“初一的题目啊……好简单!我们都会。做给你看吧!”

“不!作弊是不好的!”棂汐头都没抬一下。还真和星棂汐一样耿直啊!

“喂！到底是你用了我的名字还是我用了你的名字?”星桹汐抬起头来问。

“具体我也忘了……”

“对了！我这个难听的名字也是你起的吗!!”星露渲气鼓鼓地走了过来。

“不是啦！是我一个天秤座的小学同学起的!”桹汐看上去非常真诚，“你们那些好听的名字，都是我起的。星桹汐、星玄枫、星槿熙、星子夜、星忆风都是我起的。唉！有些名字怎么来的，时间过去太久，具体也有点记不太清啦!”

星露渲早就不纠结于名字问题，和星梦渲一块儿在旁边的笔筒上爬上爬下。星菀轩则不停地要求桹汐从书架上抽出几本对她来说很大的书来看。星菀婷也和她一起看，一起艰难地翻动着书页。星雪落则不耐烦地一边看桹汐做数学题一边抱着一支笔敲打着桹汐的手臂:“喂喂喂，这道题你怎么做的啊？错那么多！这一题那么简单你居然做不出来……”她欢快地教训着桹汐。

“哼！下次一定写星雪落数学考全班倒数第一!”桹汐气呼呼的。

“对了!”星玄枫扯扯桹汐的衣袖，“没有电脑真的就不可以了吗？在平板电脑上写不行吗?”

“不行的。”桹汐摇摇头，“你们所有的故事我都是在电脑上写的。脱离键盘，我的手指就像失去了魔力。”

“不试试怎么知道!”星槿熙倔强地反驳。

“我是作者，我当然知道!”

门外响起了脚步声……

十二个小人一惊，一个接一个下饺子似的跳进锅里——不对，是抽屉里。

房门被打开了，一个穿着得体的中年女子走了进来。“你搞那么黑干啥？”她不满地拉开窗帘，“做作业还开小差！”她瞪着书桌上摊开着的书。

“嘻嘻……老妈，我都快做完了……”棂汐瞬间做用功状。

这个下午过得还算愉快。大家都在书桌上玩得很开心。擅长英语的星菀婷和擅长数学的星雪落一直在帮助棂汐，这是棂汐最烂的两门功课。但是晚饭时间令她们很不愉快。闻着外面一阵阵的菜香味却不能吃。她们的晚餐是一小纸杯的牛奶和一大块饼干。在她们的苦苦哀求下，棂汐总算是给她们的饼干上挤了点番茄酱。

“咦？你要去干吗啊？”星菀轩好奇地看着背上箫的棂汐。

“我去学箫。不方便把你们都带着。”棂汐来来回回地寻找着乐谱，“你们待在阁楼上玩吧！不要弄出太大动静就行。”说完，她又回过头来，“对了！对于你们大部分人的性格塑造，我都是参考了生活中的人物的，相当于你们的原型。我同星于荨和星菀轩的原型一起学箫，你俩就跟着我吧！

棂汐找到一个装巧克力豆的罐子，戳了几个洞透气，把兴奋的两人放进罐子。以“把糖带去给朋友们分享”为理由名正言顺地拿上了糖罐。

棂汐捧着罐子，不知道过了多久，才打开盖子把两人放出来。她们站在一张木制长椅上，旁边坐着一胖一瘦两个女孩。

“哇！”看到星于荨和星菀轩，两个女孩都不禁惊呼了一声。

“这是阡陌。菀轩，这是你的原型。你的名字是她给起的。”棂汐指指瘦瘦的女孩。星菀轩瞬移到女孩的手心，两人虽然长相差异略大，但是女孩眉宇间的那种表情和气质是她很熟悉的。阡陌看上去激动得快晕过去了，不停地念叨：“噢！橙子！”

较胖的女孩把星于荨捏起来，仔细观察。星于荨的头发被拉得很疼。她抗议地隐了身。

“啊！她不见了！”那个女孩吓坏了，“她去哪儿了？”

“当然是隐身了！”棂汐解释着，“好啦，于荨，别怄气了！你自己不是也这样一副德行！这是染荨。是她给你起的名字啊！”

星于荨想想也是，就现了形。

“你还说！”染荨反驳，“我当初写的明明是子荨！”

“你的字写得看也看不清楚！”棂汐简单地回答。

“我觉得于荨比较好。”巴掌大的于荨生气地抱起双臂，挑衅似的看着染荨。

“进去上课吧！”棂汐匆匆忙忙地往罐子里放了一块巧克力，又把两人塞进去，盖上盖子，走进了旁边的一个房间。

罐子里的两人可不怎么好受。她们感觉很热。外面不断传来呜呜呜的箫声也没有让她们舒服点。吃完巧克力后，罐子里就没有什么值得留恋的了。两人抱怨着。菀轩瞬移到棂汐椅子下面，拉了拉她的裤脚管。棂汐赶紧俯下身假装系鞋带。

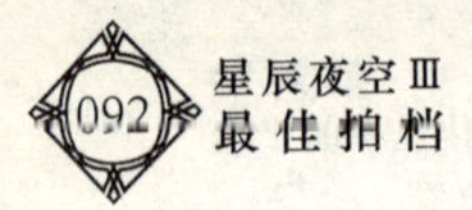

“热死啦！”星菀轩抱怨道。

“我要上厕所！”棂汐腾地一下子站了起来。

“我也要去！”阡陌也站了起来。一向反应迟缓的染荨没有同去。

两人做贼似的捧着罐子跑了出去，将菀轩和于荨放在一根房梁上。这里可凉快多了！过了一会儿，棂汐又把她俩取了下来放回罐子带回家。

回头看看阁楼上的情况。

棂汐走之前，把她们十个都扔在了阁楼上。要求只有一点：不要被别人发现。反正本来阁楼上就不常有人，所以她们很安全。

“你们真的就能这么坦然地接受自己其实只是小说里的人物这个事实吗？”星忆风显然对于这一点还耿耿于怀。

“为什么不能接受？”星露渲正在用针线和无纺布尝试手工制作睡衣，“不管是不是真的，我们都生活得很好。难道知道我们是某人想象的产物就会改变什么吗？”

“你不觉得作为一个虚构的人物，我们反倒生活得更好吗？”星菀婷挤出一大滴颜料，在白纸上用手指默写英语课文，“我们还可以要求作者，再在我们的世界里增加点什么。比如我早就想吃正宗的北京烤鸭了，但是懒得去北京。让她加一小句话‘魔法镇新开了一家正宗北京烤鸭店’，不就实现愿望了吗？”

“可是我们毕竟是虚构的啊！”

“虚构的又怎么了？虚构的人物会魔法，真实的人物还不会哩！真实的人物里有谁能打败莫沦？”星棂汐也加入了反驳。

“忆风，有时候我们要把事情想得简单点。你就当是来巨人国玩吧！”星雪落安慰忆风。

唉，话说这里可真热啊！在魔法镇，已经是秋天了。大家都新添了衣服。但在这个世界中还是夏天，不热才怪！

“我们去阳台上吹吹风吧！”星露渲笑嘻嘻地走来了，身上穿着她刚才缝的简单衣服——其实只是拿一小块灰色的无纺布缝成一个合乎体形的圆锥状，又在上面缝了两根肩带罢了。这引发了一阵手工制作睡衣的潮流。大家都毫不心疼地浪费了一大堆棂汐的无纺布和线。每人都弄好一件简单的夏装后，又跑到了露天阳台上的花圃里探险。刚下过雨，到处都有些湿滑。她们刚爬上花圃，星菀婷就脚下一滑掉进了睡莲池子。好在她会游泳，她爬回岸边，运用控温把衣服弄干。但是星梦渲就没那么幸运了，她直接滑到了泥坑里。但这不能怪其他人，因为她是这样掉进去的：

“小心啦！前面有一条小泥沟！”星露渲仔细地伸出一条腿去探路，脚刚一着地就差点滑倒。她吓了一跳，随即又补充道，“特别特别滑，走过去绝对要特别特别当心才行啊！”星露渲小心地走过了危险地带。

“一定会小心的！”星梦渲高兴地说。她双脚踏进泥沟，吧唧一下——就整个人趴在了稀泥里。于是星子夜先初步清洗了梦渲全身上下，又让菀婷把她给弄干。不过机灵的同学们早就有了另一个计划——泡温泉！她们把水池塞住，让子夜和菀婷合作灌了满满一大盆的热水来代替温泉！十个人打打闹闹地泡澡，泡得惬意极了！

星菀轩和星于葶回来后，已经是晚上九点多了。原来槿汐吹完箫后又被迫去洗了头剪了头发。这导致了星菀轩和星于葶被迫一连几个小时被关在罐子里。她俩显得不太高兴。槿汐带回了一大堆烧烤来吃。每一块肉都和她们的脸差不多大。留守在阁楼上疯玩的十人更加高兴了，不停地炫耀着她们的经历比于葶、菀轩精彩太多。

关于晚上睡觉的问题也让她们很是兴奋。星菀婷眼疾手快地拉着菀轩抢占了一个装满杂物的抽屉。她们在抽屉空出来的地方打了地铺。星忆风和雪落千挑万选看中了那个放满奖状的盒子，她们躺在奖状上睡得很是舒坦。星槿汐、星于葶和星墨尹三人机智地钻进了衣橱里的一只手套里。受到她们的启发，星玄枫和槿熙干脆睡在了一条毛茸茸的围巾上。梦渲、露渲则带着子夜自己动手，她们折了一个大纸盒，细心地把餐巾纸撕成碎片铺在里面，睡得很舒服，除了三个人略有点挤以外。

星墨尹闭上眼睛，她直到现在还不敢确定这件事的真实性。或许明天醒来，她还是躺在自己的世界里吧！

第七章
星菀婷与第二天没发生的奇迹

“不过大多数的童话故事里，事情到了第二天就会出现转机。但我怎么没发现啊?!”

星菀婷被一阵特别响亮的闹钟铃声吵醒了。她睁开眼，眼前的一片黑暗让她吓了一跳，这里不是她的房间——里面有发着微光的月球表面！她过了好久才反应过来。

星菀轩也醒了。她坐了起来，揉揉眼睛。而星菀婷则再度躺下，又睡着了，睡了差不多半个小时，才爬出抽屉。

白色的书桌上一派热闹景象。

星子夜忍无可忍地跟在玄枫身后用空笔芯梳理着她乱成一团的头发。星墨尹以强硬手段把星棂汐固定在一面梳妆镜前面给她扎辫子。其他人也都起床了，围在一个盛了其他粽子的小碟子旁边享受早餐。

“真是感觉越活越像菜青虫了呢！”星于荨为自己的生存状态摇头叹息。

“不用花一分钱就能活得不错的菜青虫！”星玄枫提示。

“被虚构出来的菜青虫！”星忆风闷闷地说。

“咦？作者大人呢？”星棂汐还是不习惯叫另一个人自己的名字。

“她好像在外面看电视吧……看的好像是……《传奇女皇武则天》。”

“是电视剧吗？宫斗剧?!”星梦渲又开始激动了。

“不是，是两个糟老头你一句我一句地说书！”

“她还好这口儿?”

星菀婷四处看看：“咦，雪落小朋友呢?”

“偷偷钻进作者的口袋里听说书啦！”星菀轩从一本大书中间抬起头。

“对了！武则天这人啊，跟我可大有渊源：我的生日可是贝多芬的生日、武则天的忌日！”星棂汐骄傲地挺起胸脯。

“棂汐肯定也是这一天出生的！”星忆风接着说，“连你的生日都是虚构的……”

“反正这就是了！管他虚不虚构！说不定，连作者都是别人小说里的角色呢！说不定我们现在所处的所谓‘现实社会’都是被人给写出来的呢！”星棂汐不服气，“那你就当全宇宙都是虚构的好了！”

“就是，你管这种无聊的事情作甚？就这样也不错啊！”星菀婷说完，又顿了顿，继续说，“不过大多数的童话故事里，事情到了第二天就会出现转机，但我怎么没发现啊?!”

“因为这不是童话故事！这还用问吗！”星墨尹赤着脚在平

板电脑上跳来跳去玩《别踩白块》。她早就接受了现实。这里除了有点儿无聊，巨大的东西太多，其他倒也没什么不好。

总之一整个上午，她们都待在阁楼上玩纸牌游戏。这东西很消磨时间。没一会儿，上午就这么无意义地过去了。吃完午饭（几片菜叶、几块肉）的她们一边剔着牙，一边享受午后的暖阳。棂汐则抱怨着周日的下午就要去上学。

“要不你们也跟去吧？”棂汐露出一个贼兮兮的笑容。这才是她的终极目标！

“再好不过了！”大家都异口同声地回答。要是再这样待下去，她们就要无聊致死了！

这次的旅程是在一个大铁盒里度过的。但是旅行环境并不很好，又黑又闷又挤。最后她们都转移到了槿熙的结界里——还是这里好！

话说棂汐作者人人颠儿颠儿地跑到学校，一屁股坐在了座位上。整个组现在只有左手边的B没来了。她有条不紊地一样接一样交完作业。终于，她把铁盒子拿了出来，放在课桌抽屉里把她们都放了出来。

“现在坐在我对面的是南墨凌的原型——墨凌。她是我们组的组长。”棂汐向她们轻声介绍。

“喂喂，你们为什么都六七个人围在一起坐啊？”星菀婷探出脑袋看向外面的大世界。

“……这跟你好像没关系吧？”

桪汐看上去在写些什么。她把字条传给墨凌，又把盒子也传给她。墨凌只打开看了一眼，就吓得合上了盖子。

以下为笔谈：

“你心理承受能力也太差了吧！”

“这竟然是真的?!”

“当然！你自己可是看见了！”

“那样的话……”

“我们的生活会充满乐趣是吗?”

“那样的话作弊就方便啦！”

“你这样太不正义了！”

“安——静——”坐镇讲台的班长大喝一声。大家重新规矩起来。

“不过，把我们装进盒子真的好吗?”星墨尹通过心灵感应对桪汐说。

“不是你们自己同意的嘛！”

但是待在课桌抽屉里实在是太憋屈了！星于荨向桪汐反映了这关键的一点。

“你不是会隐身嘛！你让她们都隐身，只让我、墨凌、染荨看见不就得了?”

“可是我还没那么厉害啊……”

“你试试。我是作者，我说行就行！不过你回去之后估计就不行了。”

星于荨尝试了一下。但是她并没有发现有什么变化。

“你自己隐身的时候不是也能看得见自己吗?”桹汐被她蠢哭了，“不信你试试!”

于荨走到B的眼前，在他的手上狠狠地踩了一下。B吓了一跳，忍不住大叫了一声，疑惑地看着自己的手背。

“B，你干什么?”坐镇讲台的副班长生气了。

“我感觉我的手背被一只很小的猪蹄踩了一脚!!”他委屈地叫着。

“你才猪呢!”星于荨愤怒地嘟囔，又踩了一下B的手。他这回学乖了，不再叫出声来，但是脸上的表情显得很扭曲。

“我看是你的脑袋被猪踢了吧!”副班长发出一声怒吼，“墨凌，管一下你们组的某人!”

“下午的课都给我站着上!”墨凌虽然知道原因，却还是果断处理了这件旁观者看上去莫名其妙的事件。无辜的B反对无效，只好站了一整个下午。

十二个主角呢，是完全不想听这无聊的初中课程的。她们一个个跑了出去，在教室里四处游荡，踩踩这个人的手，踢踢那个人的笔，玩得不亦乐乎。但是她们很快就厌倦了这种游戏。她们借助菀轩的瞬移来到了楼下广阔的天地，在操场上瞎转悠。

操场的边上有一条河，河上的一座桥连接着操场和篮球场。她们打算去河边逛逛，就是行动略为不便。那么小的人，走起来是很累的。星菀轩只好利用瞬移把她们一个一个运往河边。

星梦渲又有了歪主意，她想试试在菀轩瞬移的时候静止时间，于是她真的这么做了。她不敢告诉菀轩，因为菀轩身为“学霸”，一定会用至少一百种理由反驳她的！而当菀轩静止在河的上空时，她才发觉不对，于是梦渲又重新解除了时间静止。

星菀轩一瞬间又感到了那种熟悉的无力感，然后又感到了一种沉闷的撞击——书上描写的经典的魔法磁场撞击音。她猛地向右边偏离了，与此同时，魔法也失效了。笼罩着她的白光渐渐散了开来，出现了清晰的景物。出于条件反射性的某种自保能力，她吓得一下子抓住了旁边的桥栏杆，挣扎着爬回了桥上。但被菀轩抱着的梦渲就一下子掉进了水里。

大家一阵惊慌，忙着想救人，但星菀轩的瞬移是不行的，因为水上没有落脚点。只好让星棂汐飞下去把梦渲捞上来。

但是，原本好好地浮在水面上的星梦渲居然就这么沉下去了，只在水面上留下了一串泡泡。

星棂汐大惊，无奈她又不敢直接潜水。只好请星子夜上场。会控水的子夜果然不负众望，水一接触到她就自动避让了，在她周围形成一个正好装下她的气泡。本想让子夜将整条河的水淘干，但无奈河看上去不太大，里面的储水量却是十分可观的。子夜还没那么大的本事。她最多淘干一个很小的池塘。

四五分钟后，星子夜抱着毫发未损的梦渲浮了上来。星梦渲看上去非常纳闷，不停地瞅着手里一个不知道什么时候多出来的罐子。罐子还在滴滴答答地滴着水。

“星梦渲你到底在干什么?!”星菀婷冲着她嚷嚷，“你脑子是不是有点问题，莫名其妙潜下水去，害我们大家担惊受怕，你到底是怎么想的?”她皱皱眉，看着这个奇怪的罐子，“这个罐子又是怎么回事?”

罐子被星梦渲抱在怀里。这是个中等大小的陶瓷木塞瓶，木塞上被捅了几个洞。

“我又不是故意的!”星梦渲委屈地看着菀婷，开始说起了她刚才经历的事情。

星梦渲水性很好，她载沉载浮地浸在水中等人来救。那时，她感到了一股微弱的魔法磁场。这是当然会有的，她们当然会用魔法来救她。

但是这种魔法磁场跟她以往感到的都不一样，并且似乎……来自水下?

魔法磁场的感觉类似于触觉，身体会大面积地感受到一种轻微的撞击。就像是和好的面团轻轻碰了一下你的身体。这种感觉像声波一样，会一波一波地来袭。但是这种感觉真的很轻微，不注意是察觉不到的。至于如何感知魔法源的远近，课本上说是依据二型魔法磁场波……

这种魔法磁场比平时的还要微弱。要不是星梦渲泡在水里无所事事，估计也不会注意到。并且这种撞击感像围巾轻轻擦碰一样绵软无力，却一直给星梦渲一种诱惑的感觉。梦渲瞬间做了决定——下水去看看!

她轻松地潜下水去。体形变小之后，就总感觉不方便，三四米的水深她却潜了很久。

河底的淤泥里，半埋着一个花纹精美的陶瓷木塞瓶。魔法磁场就是从这里传出来的。瓶口的木塞上不知道被谁打了几个洞。这个瓶子就跟梦渲差不多大。唉！要是瓶子再小点就好了。奇怪的是，瓶子像是能听懂梦渲心里的话，自动变小。星梦渲把它捧在手里绰绰有余。

梦渲一抬头，水上有一个巨大的气泡向她漂来……

“既然是半埋在淤泥里，那么掉下去的时间应该不久。”星菀婷自作聪明地下了结论。

“不一定哦!”“学霸”星菀轩又开始显摆知识储备了，“它有可能是被梦渲身上的恒定魔法磁场吸出来的!”

“这瓶子看上去那么新!”

“不一定哦！这瓶子有魔法磁场，保持崭新显然并不很难。”

“如果是很久以前留下的东西的话，瓶塞上的洞洞早就把魔法能量漏完了吧?”

“这么小的洞，水一定进不去，只能封在瓶塞外面，相当于一层保鲜膜。只会有少量的能量透过水逃逸出去吧!”

“不要和你做朋友了。”星菀婷悲愤地看着菀轩，“是‘学霸’了不起吗?”

“咦？里面怎么啥都没有呀?!”星露渲纳闷地把瓶底对准自己拍着瓶底。里面确实没有任何东西掉出来。星梦渲此刻正蹲在瓶口边往里面张望，正赶上露渲一拍——梦渲居然被震飞了出去！

“好强大的魔法磁场！”星墨尹在一旁吃惊地大叫。

“露渲快盖上瓶口！”星槿熙朝星露渲大吼。星菀轩快速地从河边草地上捡回来一株风草（没想到这个瓶子里的魔法强到都可以让风草在岸边生长了！），用随身携带的小刀斜斜地切开风草的茎，让梦渲把瓶盖打开一条缝，把风草的茎伸进去，又拿出来。茎上的截面竟然从粉红色变成了黑色！

风草测魔法磁场强弱的方法是菀轩从某本书上看到的（《在魔法镇生活——一百零一种实用魔法小窍门》），截面颜色越深，魔法磁场就越强。她之前最强也只测到过深红色。这个瓶子里存有很强大的魔法力量——这还没算上之前被星露渲拍掉的那一大堆呢！

但是，这种东西为什么会出现在这个没有魔法存在的世界呢？当然，也不是全无魔法，至少她们的到来使这个世界上也有了那么一丝魔法的气息。

“我感觉水底下还有东西！”星玄枫凝视着水底，“我看到一片模糊的水底，我们好像在捞什么东西。”不知道为什么，来到这里之后她预知的能力就变弱了。只能看到一部分模模糊糊的场景。

星棂汐早已眼疾手快地潜入了水里，闭着眼不知道在干什么。过了一会儿，她睁开眼睛：“这下面好像真的有微弱的魔法磁场！但是太弱太弱了，我不敢肯定。”

“用这个！”星墨尹抛下一根温度计模样的东西。棂汐稳稳地接住，她知道这是什么。这是墨尹从实验室里拿回来的魔法磁场测量计。它的上半部分管子断了，被老师无情地抛弃了。星墨尹把管子的缺口堵上，还能用，只是量程变小了不少。棂汐把这根魔法磁场测量计伸进水下。拿出来一看，红色的液柱只是懒懒地动了动，但并不是没有反应。星棂汐猛地扎进水里，努力往水下游。当她重新钻出水面时，测量表又抖了一下。虽说短暂，但足以看清示数：差不多0.6ciro（西罗，魔法能量计量单位）。这示数好低啊！连濒死的魔法师能量都有3ciro上下。像她们这种正常且健康的少年，最少的都在90ciro以上。

星子夜也迫不及待地扑通一声跳下水，带着水性较好的星梦渲下去开展打捞工作。但她们很快就又浮了上来。

“散发能量的是一把剑。五六个我加起来那么长。我们俩搬不动！”星梦渲说。

“那么这个是什么呢？”星玄枫指着子夜手里的一个圆形木片。

“从上面的洞和截面来看，应该是从那个瓶子的木塞上平削下来的。”星子夜把木片按在瓶塞上，木片也自动地缩小了——果然正好对齐。

“我们要不还是去捞那把剑吧！”星雪落提议。她总觉得还是捞一下比较好，也不知道为什么。

“那我们就动手干吧！”星露渲高唱着校歌。

十二个人一起行动。在星子夜的空气罩子保护下，她们是完全没有危险的。但是那把该死的剑却是出奇的沉重。她们不得不让忆风在上面用飞来咒牵引——这还是有点管用的。唯一的小插曲就是一只觅食的鸭子差点把星墨尹吞掉。星露渲一块石头飞过去把鸭子打走了。至于石头，是被星忆风的牵引力影响而带上来的。

“你不是会读心术吗？你应该能感觉到鸭子正在靠近啊！”好学的星菀婷问道。

“我是真的不会读禽兽的心理啊!!”星墨尹高声喊冤。她真的有点怕怕的，哎哟！巨大的鸭子……她也是服了……

把这把剑搬上来的任务花费了很长时间。这把剑不知是什么做的，出奇地沉！虽说大吧，她们十二个身强力壮还有魔法技能的“女汉子”搬起来总应该还是算顺利的，但她们感觉足足搬了几个世纪！待她们浮出水面之时，灯火通明的教学楼早就一片黑暗。棂汐一定早就放学了。

不对，那她们今晚住哪儿啊?!

由于不知道棂汐家和学校的相对位置，瞬移和飞行这两种魔法都没用处了。大家也都不会定位一类的魔法。于是她们风餐露宿的命运就这么悲惨地注定了。更悲惨的是，天上开始下雨了!

不过没关系。星槿熙不是有个结界嘛！结界里风吹不着雨淋不到的，空间也大。多好啊！唯一的缺点就是槿熙的结界会在她睡熟的时候（即没有意识去控制的时候）自动破裂。于是槿熙一整个晚上都没有进入深度睡眠。她一做梦就梦见自己一定要维持结界的场景。

深夜，星菀婷有点焦躁地站了起来。虽说这里的气候已经快入夏了，但晚上还是不会太热的（更何况这是个下雨天!)，但她却总感觉有一种莫名的燥热。“棂荨墨”组合难得没有待在一起，星棂汐很怕热，嫌弃于荨和墨尹。于荨又觉得自己睡姿不好，保不准就被墨尹看到大肆宣扬，于是只有星墨尹睡在了宝剑的剑柄边上。星菀婷烦躁地甩甩头，疯狂地摇动旁边星墨尹的肩膀想把她弄醒，好让墨尹陪她一起散步。她晃了又晃，可是星墨尹却睡得很死，怎么也醒不过来。星菀婷叹了口气，跨过玄枫的腿独自站在河边。那股燥热却总无法去除。槿熙应该没有给结界设置加热功能啊!

……墨尹原本因熟睡而变得安静祥和的脸上陡生异变。她突然紧紧蹙起了眉，额头上渗出一颗大大的汗珠……

第八章
星子夜与魔法磁场论

“我们的真实姓名是不能公开的，”女人说，“你们可以叫我秦泺，这位是我丈夫，你们可以叫他涯倾。”

一片橙黄色的光影……

眯起眼，太阳已从东方升起……

表情坚毅女孩的侧影，额上不断流下的豆大汗珠，作为一个将军的尊严，飞进视线的不明物体……

是光球吗？或是其他什么该死的东西？自己感觉得到！那东西有魔法磁场！

本已睁开的眼睛再度眯上，未受伤的胳膊将手上仅有的武器奋力一掷——

长剑反射着颜色不清的晨光，准确削下了那个物体的一部分，随即便与那东西一同坠入河中。太阳在地平线上冉冉升起，那光线是红色还是蓝色？自己渐渐模糊的视线已分辨不清，数百万大军在太阳的照耀下，留下了气势磅礴的剪影！

瓶子。

被削掉一半瓶塞的瓶子。

打着旋。

河水浸湿了青花瓷的图案。

……

那段日子就像一块块斑斓的色彩
千言万语归于嘴边却只够匆匆一瞥。
我不觉得我进入了你的世界
徘徊在画布边缘，涂抹着离别那年。

是谁在命运迷宫中编织离愁
谁又纵横起游丝般的回忆
携上离愁，披起回忆的蝉衣
我轻叩你的城门——

……

她是星墨尹，十六周岁，巨蟹座。

没错吧？

为什么那么累？比初中时在哪片林区连续走上五六个小时还要累……

嗯，现在应该是21世纪。

“我们还是快点做些什么比较好……”星露渲略带委屈的声音，遥远如相隔几亿光年。

“墨尹都这个样子了，我们该干什么？能干什么？”星棂汐，对，确实是她怒气冲天的声音。

额头上冷热交集，似乎是星于荨叹了口气，帮她换过了额头上的毛巾。她的额头上似乎在不停地出汗。

“棂汐你最好冷静一点！墨尹在我们醒来后已经躺了至少三个小时了！我们不能做什么。把她留在槿熙的结界里吧！我们集体行动比较安全。她不会有什么事的！就算哪里伤到了，让作者试试看，说不定连死掉的都能写活！”星忆风极端冷静的声音传来。声音深处似乎透着一丝被压抑的恐惧的颤抖。

“我看不好吧！”一个尖刻讽刺的声音（大概是星玄枫，她怎么了?），“槿熙真的能让结界支撑这么久吗？你就没有为槿熙考虑考虑吗？她再撑下去，估计也要成为下一个墨尹了！”

“我没关系的……”星槿熙嘟囔一声，“真的，你们去吧，我陪着墨尹就是了……”

等等，这里发生了什么？她已经躺了至少三个小时了??

星墨尹勉力睁开一只眼睛，强光下，棂汐似乎在和雪落争吵什么，又是甩辫子又是跺脚的。于荨呆坐在旁边，手里拿了一叠毛巾。菀轩在远一点的地方不知道在干些什么，蹲在草丛里。她身边的瓶子里盛了半瓶蓝色液体。然后她又往里面加了点什么，药水变成了鲜艳如宝石般的紫色。她端着瓶子向墨尹走过来。

“给她喝这个！这是我从书上看来的药水！”

“啥玩意儿这么难闻！这个吃下去真的不会死掉吗?!”梦渲好像在用什么东西扇风。

味道飘到了墨尹这边，令人作呕！菀轩居然要她喝这玩意儿！

咦？哪里不对？为什么她感觉味道越来越浓了？她不想喝这东西！

“走开！”星墨尹惊恐地睁大了眼睛，直直地坐了起来。不知是不是心理作用，她感觉自己的头发都竖起来了。

星菀轩也被吓了一跳，那瓶液体差点洒在她自己身上。

“好嘛！你把她臭醒了！”星子夜笑嘻嘻地说着。

“你怎么都醒不过来，不停地流汗，但是呼吸、心跳等生命体征都很稳定，魔法能量至少增加了20ciro！但你醒了以后又恢复到了原本状态。就是这样，没别的了。”星子夜简洁地向墨尹解释了一下。

“我？我就感觉有点热，然后做了一个奇奇怪怪的梦，好像我负伤打仗什么的。脑子里有一个看上去很有女汉子气质的女生，应该二十来岁……”

“哦！是不是上辈子的你啊？”露渲发挥想象力，“或者是其他平行世界的你？”

墨尹摇摇头：“不知为什么，感觉就是敌人。”

“你上辈子是不是欠她钱了……”

……

“终于好啦！”作者桤汐高兴地打开修好的电脑。周围是一群小小的人儿，在经历了差点被一只鸭子吞了，并且星墨尹莫名其妙地发热这些事情后，她们在担惊受怕中终于又搭乘着桤汐的书包回到了家。现在的她们，无比渴望能回到自己的世界，也无比坚定地相信“学霸”菀轩的说法。这样的态度搞得星菀轩反而不自在起来，她当然不认为自己记错了书本上的内容，但是书本上模糊的交集的说法会不会就是在这一刻呢？如果在这一刻是不是能引导她们回去呢？她极端地不自信起来，就像在梦渲、露渲在考场上答题似的。

在她们热切目光的注视下，一向洒脱的桤汐也难得地不自在起来。本来流畅的文字输入也变得不熟练了。她在“一个巨大的光球无视静止的时间将整个房间吞没了……”后面磕磕绊绊地接上了这样的一句话：“光球来得快去得也快，它很快就消失了，像是根本没存在过。唯一的改变就是静止的时间又开始流动了。”

光球来得快去得也快，它很快就消失了，像是根本没存在过。唯一的改变就是静止的时间又开始流动了。什么事也没有发生。常析之好不容易冲出了包围圈去参加他的社团活动了，星雪落大大松了一口气……

最近一段日子一切都很平静。但是星子夜总觉得发生了什么事，很重要的事。星忆风也觉得她忘记了一个令自己世界观彻底颠覆的事实。但她怎么都想不起来。魔法镇最近新开了一家正宗北京烤鸭店，店主是对年过半百的老夫妻。星菀婷硬是拉着全班去吃。理由是“我觉得最近平静得不正常，需要心理安慰”。

星子夜明显觉得自己最近不太正常。她把这种担忧告诉了于老师。但于老师只是微微一笑：“也许你是对的，谁又知道呢？水向来是很敏感的一种物质。拍地震的电影里，地震来临前主角都会看看杯子里的水平面晃动程度再逃生的！”于是，子夜对自己的直觉有了信心。并且，她注意到，最近她的控水能力有所下降。当她用指尖喷出的柔和水流洗脸的时候，水流居然突然变成了一股高压水柱，喷了她一身的水。天哪，这可是她高一上学期才犯过的错误啊！

于是星子夜担忧地啃着清藤的土豆饼，来到图书馆查资料。

当她看完一本叫作《魔法磁场论》的、放在底层的厚厚的大部头著作的时候，她觉得自己的第六感差不多被证实了。

全都是那天的那个光球！

“使用魔法时会产生磁场。当大量的魔法磁场碰撞在一起的时候，就会发生磁暴现象，产生巨大光球。光球的颜色每次都不一样，出现什么情况也不一定。书上记载了几次。1978年，法国的磁暴现象是出现了一个紫色光球，然后整个房间都下起了蝌蚪雨；18世纪中叶，百慕大三角处出现了一个彩色光球，从此，那块地方就一直发生莫名失踪的案件……我老觉着那个光球出现的时候我们一定经历了什么。但光球从出现到消失我却一直待在同一个地方。如果硬要说经历了什么的话，那么应该就是这样——”子夜拖来一块小黑板，画了一张点爆开成球状的图，“如果没有光球的出现，那么这个过程对于我们来说只是一瞬间的事，可是磁暴现象产生了巨大光球，而我们正好被带到了光球的边缘。就像一只蚂蚁爬过一个气球，气球没充气的时候，蚂蚁要爬过去只不过是一会儿的事，但是如果气球被充足了气，那么蚂蚁要翻越气球就要花很长的时间了。”

“而我们可能就是这样，原本一瞬间的时间被拉长了，但是等气球里的气没有了，我们又会回到原来的位置。不同的是，中间穿越了时间，估计还涉及了一大波强烈的魔法，这么多东西全都挤在这么一瞬间里，就会发生点什么事。但是这样的情况之前没有过记载。因为里面的某些魔法抹去了当事人的记忆。所以说，最近的魔法能量紊乱就是这个引起的！”星子夜对自己的演讲感到相当满意。

一看，下面的人已经睡倒了一大片……

星梦渲一抬头，发现子夜已经讲完了，立刻鼓起掌来：“太棒了！真的太棒了！！”

“没错没错！子夜你讲得太精彩了！这黑板上的图示画得真好看！真形象！我都入迷了！哎哟，你板书也写得这么好看！！”星露渲立刻附和道。

星子夜捂脸跑掉了。算了，跟这群肉眼凡胎还加上缺心眼的家伙讲不清楚！

“我倒是觉得子夜说得可能真是对的。”星玄枫闭上眼睛，

"我感觉我的预知能力退化了很多。"

"我也有这种感觉。"星墨尹叹气，"老感到状态不稳定。并且莫名其妙总是想到这么一句话：'我轻叩你的城门。'真不知道为什么。"

"唉，肯定有什么东西漏掉了……"

烤鸭店的角落……

中年男子看着手表上指向六的指针，它原本一直指着十二。

"好些了吗?"中年女子急切地快步走来。

"不，我想这指数还在下降。"

女子叹了口气："唉，根据魔法能量守恒定律来看，最近那股莫名的磁暴能量该是有多大啊……"

星梦渲和星露渲又有了新花样。她们大概最近小说看多了，说是要开一家侦探事务所。

"这样就可以以侦探之名，名正言顺地死缠着帅哥不放了!"她们这样说。于是星菀婷热情加盟，但是星菀轩不愿意跟她一起。

"我的成绩退步得这么厉害!"菀轩憔悴极了。

如果从月考第一名到第二名并且与第一名的常安七只差了0.5分也叫退步的话。

星子夜也愿意加入玩玩看。因为她相信，不会有人愚蠢到真的去找她们破案的。

于是宣布在集体看了几部“名侦探柯南”系列的电影后，她们都养成了疑神疑鬼的性格，以至于就连于老师宣布放假的通知也被她们怀疑了。

“学校怎么可能这么大方地给我们放假呢?”侦探四人组神情严肃地商量着，她们一定要找到真相，“何况还放好多天，还要一个都不准留在校内。”

每当学校放假时，都会在全校师生包括门卫大叔走掉之后关上大门，设立起保护屏障防止小偷擅入什么的。这天也是如此。

虽说星班多产“女汉子”，可是收拾东西的时候她们当真不算快，再加上梦渲和露渲她们有预谋的打打闹闹，所以当她们愉快地收拾好东西打算离开时，离校门关闭还有十分钟。

然后，侦探四人组做出了一件人神共愤的事情。

她们利用星梦渲的时间静止抢走了另外八人的钱包，然后拔腿就往校园深处跑。星忆风果断用了飞来咒。但无奈的是，她们已经跑出了忆风的控制范围。照以前，这么点距离也是可以手到擒来的，可现在忆风却使不上劲。八人只好奋力猛追。当她们在墙角堵住四人之后，她们发现了一件不大妙的事情。

离校门关闭只剩下二十多秒了!

“没关系的。”星忆风说，“关闭之前会有一阵短促的魔法磁波覆盖全校。检测有无人类生命迹象。要是还有的话，校门会延迟关闭。”

“等——等——我——啊!”星槿熙气喘吁吁。不错，大家已经围堵了那邪恶的四人帮，她现在要建立一个新结界罩住大家，瓮中捉鳖，拿回钱包！

嘿嘿！想想就觉得好伟大！

她把所有的人都罩进了结界，还特意加强了结界防止她们跑掉。

“槿熙你快放我们出来！一个人也行啊！要是没检测到我们的信号的话，校门会关闭的！那样的话我们就出不去了！”星雪落紧张地睁大了双眼。

星槿熙发愣的几秒钟足够用了——校门关闭了！

“成功！”侦探四人组击掌，终于成功留住了大部队！可以开始调查这次“诡异放假事件”了！

而余下的众人均是默然，表示已经无法与丧心病狂的四人组交流了。

她们可不觉得这样很好玩。

但问题是——

她们也无力挽回！

“没有人。”星菀轩突然出现了，“门卫室没有人，办公室也没有人，连扫地阿姨的宿舍也没有人。”

“当然不会有人啦！”雪落托着腮帮子，“问题是我们得想个办法出去啊！”

“我瞬移不出去。”

“我飞不出去。”

“结界也移动不出去。”

“校外的东西我召唤不进来。”

大家一个一个地反馈着问题，搞得星雪落很是头大。

“唉！我现在好想吃镇上的北京烤鸭啊！”自从那家烤鸭店开了之后，星菀婷就完全沦陷了。

“我也是……”星子夜颓然低头，继而又抬起头，看向充满艺术气息的空心围墙外，瞪大了眼睛，“烤鸭店的那对老板夫妻！咦？想得我都出现幻觉了？”

“见你的鬼了，就会骗我。”星菀婷愤愤不平地说着。可是她发现其他人都瞪大了眼睛望向那个方向。她也望了过去：“哇！我竟然也出现幻觉了。”

“不！”大家都看着那个方向，也都看到了沿着围墙走的烤鸭店老板，“我们不可能集体出现幻觉。”

“快去找他们帮忙啊！”忆风反应过来。开始对墙外大吼大叫。不过这该死的保护屏障似乎还有一个可恶的隔音功能。两人并没有什么反应。

“等等啊！”星菀婷第一个追上去，不停向外边喊话。直到两人走到了校门口。不过奇怪的是，平时热闹的大街上此时却没有其他的行人。学校周围冷冷清清的。空气中散发着不知何处飘来的清甜香味。

“那么怎么掩盖魔法磁场呢？”一个略带童稚的女孩声音响起，仿佛来自幽冥深处。

“如果不借助工具的话，比较厉害的人可以把磁场转化成别的感官刺激，这样就不太会引人注意。比如听觉和嗅觉。”

同样遥远的童声，却多了一丝自信和老成。

“哦哦！你懂得可真多！”

星梦渲猛地一激灵，瞳孔在瞬间放大了不少。

“槿熙快来个结界！”星梦渲静止了时间。她的魔法好像并没有衰弱，而是更强大了。

“哦！”星槿熙顺从地化出了结界，把不明所以的大家罩了进去。

“什么情况?!”星墨尹皱眉。

“嘘——”星梦渲示意大家安静。

也没人多问为什么，她们就这么藏匿在了校门边。

“他们过来了！”星露渲惊呼，看着夫妻俩毫不费力地穿过了校门。然后又是一道闪光，两位老人竟脱胎换骨变成了一对三十多岁的中年男女！

天哪！怎么会这样？烤鸭店老板居然也会魔法，而且她们一点儿也看不出来，说明魔法水平比她们高得多。魔法镇可真是藏龙卧虎之地啊！

“难道这次的突然放假真的隐藏着什么阴谋?”星子夜觉得有点难以置信。

“就是这么说嘛！”星梦渲和星露渲一副理所当然的神情，浑然忘记了刚才在整个学校里没找到任何疑点时她们那一副犯错了的表情。

“槿熙，跟上！”星忆风下达命令。

“你们也得一起跑啊！”

十二个人跑了很久很久，也只移动了一点点距离。但想到她们是在跟踪，又不敢轻易出结界，害怕自己的魔法磁场被发现。但这样只能导致一个结果，前面的两人拐了个弯后，她们就——跟丢了！

“我们要不还是出结界吧！”跑得满头是汗的于荨怯怯地提议。星忆风和星雪落居然同意了！大概是因为她们也跑得很累了的缘故。其实还有一个非常重要的因素，她们不相信慈眉善目的烤鸭店老板会伤害她们。

出了结界的她们漫无目标地到处乱晃，最终却还是一无所获地围坐在了花坛边。

“好饿啊！我想吃炸鸡啤酒看韩剧！”露渲沮丧地晃着脑袋。

“我也好饿！我想吃北京烤鸭！”星菀婷把头发揉得很乱很乱。

“我也好饿！我想吃蛋黄派！”星墨尹披头散发，把自己弄得像个女鬼。

“我也好饿！我想吃图书馆的土豆饼！”星子夜托着腮帮子，忧伤地眺望远方，“为什么我的眼里常含着泪水？因为我爱这土豆饼爱得深沉！”

“完啦！完啦！”星梦渲突然喊了一声，吓坏了旁边做沉思状的菀轩。

“你发什么疯？”星菀轩很是不满，因为她正在想一个题目的解法，而且好像快要想出来了，结果被梦渲一打岔，思路全像流星似的一闪而过了。

“我饿得出现幻觉了。”星梦渲可是不管不顾，依然大声地说着，“我竟然闻到了土豆饼的香味！”

“发疯呢，你，哪儿有什么土豆饼啊？”星班最和蔼可亲的女生星露渲笑着说。

“不对，真的有！”星棂汐也瞪大眼睛。

“图书馆传来的！”星于葶的眼睛亮了。

“去看看！”星忆风站了起来。其实她大概也是想吃土豆饼了。

“我的天——”星班的偷窥专业户星于葶一直虎视眈眈地望着图书馆的窗子里面。虽然大家看不见她隐身后的表情，但是这表情是完全可以想象的，“他们在吃土豆饼！”于葶痛苦地挤出这么一句话。

“由于你一再抓不住重点，我决定还是我来看好了。”星雪落自信满满地走上前。结果居然因为个子太矮够不到窗子！只好让比较靠谱的星菀轩代劳。

清藤托着腮坐在桌子的一边。另外一边坐着的是烤鸭店老板变身后的中年男女。他们一边吃土豆饼一边在聊着些什么。

女人说：“这次的磁场紊乱现象很不寻常。平时百分之百的饱和度只剩下了——”她的目光望向男人。

男人看看手表：“差不多百分之四十。已经稳定下来了，老婆大人！”说完他朝着女人笑了笑。怎么看着像是朝主人邀宠的金毛犬呢?!

秀恩爱是不好的！星菀轩在心里咆哮。

“是从哪来的魔法磁场，要有多强，才能吞噬掉这里百分之六十的魔法磁场呢？”清藤像是在问谁，又像是在自言自语。

“我想应该是从另外一个平行世界来的魔法磁场。”女人又把一个土豆饼塞进嘴，“是的，根据魔法能量守恒定律——”她还没说完，就被男人接了话。

“各个平行世界的总魔法磁场是不会变的。如果我们这里的饱和度减少了，那么一定是有哪个平行世界涌现出了一股巨大的魔法能量，把我们世界的魔法磁场能量挤掉了不少，”男人又向女人笑了笑，“没错吧？老婆大人！”

魔法研究得一套一套的，不知道你们知不知道“秀恩爱死得快”定律。星菀轩抱怨之余，不忘记他们所提到的知识。

“确实如此。”女人点点头，“但是现在的重点不在于去研究那股魔法力量是从何而来，而是找到让我们这边的饱和度重新回到百分之百的方法。”

“你们可要快一点。这次放假只放七天。你们要在七天里找出真相可能有点困难。”清藤打了个哈欠，“而我只是一个小地陪，除了你们的生活起居，别的我可是一概不管的。所以说你们若是有问题可千万别找我。”

“我们也需要一股同样巨大的能量。”

“那么得去哪儿寻找呢？”

“还不如直接到那个平行世界里去！”

“不行的。”女人摇摇头，“除非发生磁暴现象才有这样的可能。即使发生了磁暴现象，按我们现在的能力，又没办法控制它穿越的走向，在万千的平行世界中，再到那里去的概率太小了。再说，以现在的情况来看，我们也没有那么多的能量引发磁暴现象。”

“但是最近确实发现这里发生了磁暴现象啊！我们不就是为了这才来的吗？”

“所以说，由此来看，这次的磁暴现象引发的是平行空间穿越了？”

三人热烈地讨论着。一串一串的学术用语和土豆饼诱人的香味把星菀轩搞得非常迷糊。她要求换人偷窥。

于是星子夜凭借她谨慎的性格上场了。她一走过去，就看到那个女人拍案而起：“那我们还是到磁暴发生的现场去看看吧！”她望向男人。

“我查不到确切的地点啊，亲爱的！最多只能精确到是在这个校园里了！”

“我知道。”由于这段时间的偷窥，她们认定了和清藤老师在一起的两人并不是坏蛋，所以，星子夜颤颤巍巍地举起了手，“我经历了这次磁暴，我可以带你们去。”

“星子夜同学，你怎么还在学校里？你不应该回去了吗？”清藤两眼冒火，“现在的学生啊，就是不让老师省心……”

而那个女人却伸出一只手，堵住了清藤的抱怨，继而问星子夜，“你说你经历了磁暴现象？”

星子夜点点头：“不只我，还有她们。”她指着身后的十一个同学。

“怎么称呼？”前往北极星777的路上，星菀婷热切地和两个烤鸭店老板套着近乎，希望以后去吃烤鸭可以优惠。

两人相视一笑。“我们的真实姓名是不能公开的，”女人说，“你们可以叫我秦泺，这位是我丈夫，你们可以叫他涯倾。”

“你们长得可真有夫妻相！”星菀婷继续为了她的烤鸭套近乎，“你们结婚多少年了呀？”

“你还是不要知道的好。”涯倾微微一笑。

关于本次磁暴现象的当事人叙述

1. 对于事件的回忆

星梦渲：“光球大概有一个头这么大。”

星玄枫：“光球颜色为亮蓝色。”

星墨尹：“当时一阵灼热。”

星子夜：“中间绝对发生了什么事。”

星于荨：“当时心情压抑。”

2. 事件发生后的反应

星梦渲：“魔法增强。”

星忆风：“似乎忘记了一件重要到颠覆世界观的事。”

星墨尹：“总是想到一句话：‘我轻叩你的城门……’”

星雪落：“身体感觉有点疲惫。”

“为了方便调查，你们这几天就待在这儿吧！”涯倾看看墙上的挂钟。

“对了！我好像有漏掉的信息！”星梦渲举起手，“我在你们刚刚进学校的时候，听到了一段莫名其妙的对话！好像是两个小女孩，一个问如何掩盖魔法磁场，一个回答。”

“哦哦。”涯倾把这些也记录了下来。

“你听到的？”秦泺皱皱眉，星梦渲怎么会莫名其妙地知道这些呢？除自己外唯一知道的那个人不是早就死了吗？

“记下来。”她对涯倾说。

“我早就记好了！”

第九章
星露渲与专案调查组

“不只是唐宋元明清才有江湖。”涯倾轻轻一笑，“江湖永存于奇迹中。”他拉着秦泺出了门，消失在一片清甜香味中。

“目前呢，我们有一个粗略的计划，”涯倾说，“方案一：从我们的世界里凭空导出一股巨大的魔法能量。但是可行度不高。方案二：去往那个魔法大量涌现的平行世界修改魔法能量。但可行度好像也很低。方案三：从这个时空之前的魔法能量充裕的年代把魔法能量调过来。虽然可行度稍微大一点，但其实成功的概率也极低。”

星班的同学集体哗然。你这是在阐述方案呢，还是在做失败总结？

“但是——”秦泺没有理会她们的集体喧哗，继续淡定地补充，“方案一：我们很难找到这一股凭空能量。方案二：我们没办法去往那个平行世界，并且我们也不知道那个平行世界是哪个平行世界。平行世界的数量太多了！方案三：我们要回到哪个年代我们倒是清楚。可是不确定那个年代的魔法能量是否充裕到够我们用。”

“停！”星墨尹有点忍不住了，“难道不可以有方案四吗？”

“方案四？”秦泺看着星墨尹，眼里充满了神奇的目光，“我们商量了很久才想到这三个方案，也算是绞尽脑汁了，难道你能在这么短的时间里又想到一种方案？”

“对啊！而且我觉得很简单。难道你们忘记了那个磁暴现象就是我们引发的吗？把这些人再聚起来一起施展魔法，不就能再次产生一股能够引发磁暴的巨大魔法能量吗？”星墨尹自信满满。

“哦，原来你的想法是这样啊！”原本兴致勃勃的秦泺像漏气的皮球一下子瘪了下去，“实际上，根据你们的描述，以及对你们身上所带魔法能量的估计，我们并不认为完全是由你们引发磁暴现象。”

“其实就是说你们的能量还远远不够。”涯倾在旁边补充。

“可事实是我们引发了这次磁暴现象啊！”好学的星菀轩感到非常不解。

“很难说具体原因是什么。”秦泺又把话题接了下去，“我和涯倾也讨论过这个问题，中间的变化让我们有些百思不解，但我们还是尝试着给出了几个答案。一种可能是当时在你们的旁边隐藏着一种暴烈的魔法能量，本来它是平静的，但你们的魔法行为把它惊醒了；另一种可能是在你们身边的某人携带了能够放大魔法能量的魔法工具，不过这种可能性实在太小了，我们从没见过能够这样放大魔法能量的工具。如果有，也不应该在你们的身边，它不仅不能帮你们的忙，还可能给你们带来危险，毕竟，怀璧其罪的事你们应该也听到过不少。所以，不会有人把这样的宝物放在你们身边的。

“当然，也可能是你们遭遇了魔法黑洞的解体。魔法黑洞是一种神奇的自然魔法，从来没有人能够创造或控制，它们来自自然，在壮大的过程中吸收各种魔法能量，而它的壮大和我们想象的正好相反，它越吸收魔法能量，形体越小，直到最后成为乒乓球大小的时候解体，把能量释放出来。当然，最后是不是真的是乒乓球大小也只是人们根据魔法相对论进行的预测。不过这种观点的不足之处在于，据魔法学家的推测，这种魔法黑洞应该是越小越远离地面的。”当秦泺讲得口干舌燥的时候，涯倾主动接了过去。

“当然，我们推测还有一种可能。”涯倾略微停顿了一下，“你们都看过《魔法世界杂论》吗？”

星菀轩点了点头。整个星班里，把一些理论性的工具书看得像小说一样带劲的就是她了。

“哦，有人看过了。”涯倾的目光里带着赞许，“很难得啊！这些书还是很枯燥的。”

在其他同学的点头赞同中，星菀轩可是有些不同意见的。枯燥吗？一点也不，不看这样的书，怎么了解丰富多彩的魔法世界呢？但她识趣地没有说话，免得又成为众矢之的。

“既然有人看过了，”涯倾接着说下去，“那么应该知道魔法世界是会有交集的吧？”星菀轩用力地点着头，而其他同学则觉得好像在哪里听说过一样，也迟疑着点起了头。

“所以，也有可能上次的磁暴正好发生在两个魔法世界产生交集的时候。在通常情况下，两个魔法世界的交集对两个世界来说并没有任何影响，只不过是相交而过罢了。就像这样……”涯倾为了解释得更清晰，画了两条相交的直线，“两条公路相交，而我们是公路上的车，正常向前行驶，道路交错对我们不会产生什么影响。”

“是这样啊！”星菀轩惊叹，“我明白了，原来还有一种可能，当时正是两个魔法世界产生交集的时刻，而我们一起施展魔法相当于是公路上的车在过十字路口的时候撞车了，导致有些人到了另一个世界。”

“这也不对啊！我们不是好好地在这个世界吗？”星露渲提出了异议。

“但可能影响的是别人，并不是我们，这可说不定。”

“但是那天施魔法的人都在，并没有无缘无故失踪的。”

“当然了，这也只是一种推测，并不是说当时一定是魔法世界的交集。”涯倾接着又解释了一下，“即使真的是交集的时候，也并不一定会有人跑错了路啊！你们的魔法能量把两个世界的魔法能量引导到了一起，只产生磁暴现象也是有可能的。”

“只是这样巨大的魔法能量引起的磁暴现象，没有产生穿越，可能性并不是很大。”涯倾想了想，又补上了这么一句话。

十二星座女生听到了这番解释，都惊异地张大了嘴巴。原来，魔法世界是如此玄妙，目前她们学习掌握的不过是沧海一粟罢了。

“好了，不要张大嘴巴表示惊奇了，你、你、你……”秦泺用手指连着点了几个，“你们几个，口水都要流出来了。简直让我怀疑你们是在垂涎烤鸭的美味了。”她难得地也开了个玩笑，自己也笑了起来。秦泺笑起来很漂亮，不过大部分时候她都是一副淡然的样子。

“好了，不要想着自己制造巨大的魔法磁场了，你们全校的人，再加上我们也根本不够，我们还是先试试方案三吧！我觉得这个更靠谱，我们可以用那个神奇的工具。”涯倾从旁边的一个袋子里掏出了一个戒指盒那么大的蓝色陶瓷盒子。

“你为什么要拿戒指盒呢？”星露渲十分好奇。

“你就看着，不要说话了。”秦泺看看星露渲，“这个东西的制作方法可是已经失传了。”

涯倾打开陶瓷盒子，把整只手臂都伸了进去，似乎在翻找什么。他先是掏出了一个木塞青花瓷小瓶，又拿出了一个大号的青花瓷花瓶。一旁的梦渲、露渲看呆了。

“魔法界物质文化遗产：青花瓷多件套！目前全世界也只有这么一套！”涯倾骄傲地点点头。

“那你又是怎么搞到的呢？”星梦渲尖锐地问。

“一个很好的朋友送给我们的。”秦泺露出一丝缅怀的神情，像是想起了童年。

“是用来插花的吗？”星露渲拿起了大花瓶。

“咦？这个我好像在哪里见到过！”星梦渲摆弄着小木

塞瓶。

“不好意思，你们最好立刻把它们放下。”涯倾把梦渲手里的小瓶子夺回来，“先不说这是很贵重的东西，它们还纪念着我们夫妻俩一个特别要好的已过世的朋友，所以你们要是弄坏了，我不生气秦泺也要生气的！秦泺生起气来可是非常恐怖的……”但是当他看见他亲爱的秦泺那冷冰冰的眼神之后，他及时地住了嘴。

“这个小瓶子呢，是用来储存魔法能量的。大瓶子是用来穿越时空的!”涯倾轻咳一声，岔开了话题。

“穿越时空!”星菀婷凑了过来，“我想去未来看看十年后的我是多么帅气逼人!”

“不好意思，它只能穿越到过去。并且我们还得以游魂的形式回去，除了魔法波动外不能引起过去世界的任何变化。毕竟三——”

“涯倾住嘴!”秦泺提醒。

涯倾又不自然地干咳了几声：“毕竟那个时候的魔法技术还没现在那么发达，做到这样已经很不错了。”

“那我们现在就到那个时空去吧!”秦泺向花瓶走去。

“我也想去!”

“让我们一起去吧!”

“我们不会给你们添麻烦的!”

“不行不行!”秦泺摇摇头，“那个年代太危险了!”其实她心里想的是，谁愿意让你们这些小孩看到我们那时青涩的样子啊！白白给你们增加笑料罢了。想到这里，她不自觉地微笑起来，那个时候的他们与现在的他们差别巨大，这就是时光啊……

“既然是以游魂形式存在的话，危险不危险与我们又没关系，又死不了。”星菀轩抗议。

“话虽是这样说，没错。但是这花瓶只够我们两个人穿越。本来是可以做成不限穿越人数的，但是这是那位朋友在我们结婚那天送来的，为了纪念，所以做成了两个人穿越的那种。”涯倾的一条腿已经伸进了花瓶，“总之别跟来就是，乖乖等着。”

涯倾快速钻了进去。秦泺把小瓶子丢进去后自己也跟着钻了进去。进去前，她伸出一只手攀住瓶口边缘，然后整个花瓶消失了，就像从来没有存在过。

涯倾坐在一棵落英树的枝丫上，半倚着树干，手里捏着一朵拳头大小的蓝紫色六瓣花朵，不知道在想些什么，目光悠然地望向苍穹。

随着一阵树叶的窸窣声，秦泺从上方的树枝处跳了下来，轻巧地坐到了涯倾身边。树枝抖了几抖。涯倾原本手中捏着的那朵大花也随着震动脱离了树枝。他回头看看身边的秦泺，顺手把花插在了秦泺的头发上。秦泺扶了扶花，轻轻低下了头。

“这是什么时候？”树顶端的枝丫上，半透明的秦泺问旁边半透明的涯倾。

半透明的涯倾低头看着下面树枝上继续发呆的他自己，头也不抬地回答：“我十四岁的时候。”

“哦，这样啊。”秦泺点点头，“那时候的事都快忘记了。放在那个年代的话也算是早恋吧！”

“是这样，没错。”涯倾继续隔着时空看向年少时的自己。

十四岁的涯倾：“不好意思，你又答错了，这题答案不是丙而是甲。”

十三岁的秦泺：“不可能！我要去问老师，这题不可能是甲！”

“我们什么时候开始行动？”秦泺扭头看向涯倾。

“再等一会儿吧！她就快来了。”

“也对。”

树下，一个女孩走了过来，大吼着“你们两个笨蛋，这题明明是乙”，然后就拎着自己的书包走掉了。书包没合上，课本掉了一地。秦泺快速跳下树，捡起一本课本（《千草奇谈》）追了上去。而涯倾继续茫然仰望着蓝天，一脸淡然地思考着为什么不是甲呢？

“走吧。”半透明的秦泺叹了口气，把涯倾拉下了树。

“我们要去哪里找到多余的魔法能量呢？”涯倾跟在秦泺身后，沐浴着十四岁时的阳光，感觉自己也年轻了不少。

“记不记得她有个习惯是储存魔法力量？而且有一次还竟然逆天地把一个刚成形的魔法黑洞的魔法能量接收了过来。”

“记是记得，那可是冒着极大的危险，虽然刚成形的魔法黑洞的能量并不是很大，但它是能够吸收魔法的，不得不佩服她，真是一个天才啊！——但她十四岁那年存的那些魔法能量不是不小心撒开来了吗？我们还拿些什么嘛！”

“说不定……”秦泺嫣然一笑，“就是我们偷走的哦！”

“我懂了！”涯倾点点头，“这些魔法能量说不定就是来自未来的我们拿走去救急的！”

“我记得是在考试的时候，她把储存魔法的瓶子放在窗边，结果被老师怀疑是作弊，整个瓶子都被扔出去，掉在地上摔碎了呢！”

“就是说，我们只要潜伏在窗边，取走里面的魔法能量就行。”

“对，就这么定了！”

“可是这样埋伏在教室窗边真的好吗？”秦泺犹豫地看看涯倾，“怎么感觉那么不光彩呢？”

“好不容易把魔法磁场转为气味，就不要半途而废了，你明知道以游魂状态这么做并不容易。”

“注意了，瓶子马上要掉出来了！我们必须接住瓶子，把里面的魔法能量导入我们自己的瓶子里，然后砸碎瓶子，就可以了！”

“啪”的一声，瓶子在涯倾的脚边裂成了碎片，魔法能量一瞬间就全部飞走了，留下目瞪口呆的两人。游魂状态的他们果然是没有办法接住任何物体。

“原来这真的只是不小心撒开来了而已啊……”涯倾怔怔地盯着瓶子的碎片。

方案三，失败。

“既然方案三失败了的话，我们就试试方案二吧！”星雪落完全不把自己当作局外人。

“方案二倒还真的需要你们协助呢！因为我们有两个难点。”涯倾把自己从花瓶里倒出来，“一是我们不知道要去哪个平行世界，二是我们没有办法穿越到那个平行世界里去。”

“基本上是毫无突破口啊！都不知道接下来要怎么办。”秦泺焦急地踱来踱去。

“我们还是试试方案一好了。”涯倾决定，“虽然方案一的可行性接近于零，但是我们至少知道第一步该怎么做吧！”

秦泺已经从那个陶瓷小盒子里掏出了一个白瓷茶碟，在自己眉心处晃了晃，靠近眉心的一块地方立刻染上了淡淡的青花色彩。

“现在开始，一个地方一个地方地搜索吧！”秦泺拿起盘子，“首先在各大魔法学校内寻找魔法能量最充沛的地方！”

她先是在北极星777内部绕了一大圈，拿着盘子在每个地方都晃了晃。甚至还贴到了每个人的眉心处尝试了一下。但盘子上只呈现出淡蓝灰色的花纹。用这个盘子搜索魔法能量可不是一件轻松的事！一整天，涯倾和秦泺都在辛苦地拿着盘子到处摁来摁去，甚至连厕所都认认真真地查过了一遍，但是盘子上依旧是淡淡的灰蓝色。当两人累得半死不活地回到图书馆时，已经是夜里十一点多了。

“你们为什么不用这个呢？”星玄枫拿出一个样式滑稽的纸眼镜，“只要靠近点，就可以用这个探测出魔法强度的大小。比你们用盘子贴那么近才感知得到可简单多了。”

“为什么不早说?!”两人用尽最后一丝力气大声咆哮。

敢情这两位也是没有做到终身学习。随着人们魔法能力的加强，各种新颖简单的魔法工具层出不穷，而他们竟然放着简单的办法不用，白忙活了一整天!!

现在已经是放假的第六天了，涯倾和秦泝决定用这个眼镜探测出哪里的魔法能量比较强。但很可惜，魔法镇总体魔法能量低迷，根本就找不到哪里的能量多余到足够让饱和度恢复。

“这下我们该怎么办?!”秦泝皱起了眉头，“方案三和方案一都失败了啊！方案二又完全没有可行度!”

而涯倾依旧没有放弃，坚持不懈地拿盘子贴来贴去。虽然有眼镜可以用，但是他发现眼镜对于魔法能量大小的反应并没有这个盘子精确。所以说，旧东西还是有旧东西的用处。有段时间，他还能这样沾沾自喜地想。但是，始终找不到巨大的魔法能量让现在的他都有点抓狂，有点魔怔了。

“我来帮忙吧!”星梦渲于心不忍，决定帮忙。她接过盘子，在角角落落里贴来贴去。可是此时她的心里却产生了一种异样的感觉，她的意识从自己的躯体中被抽离了出来，她的意识来到了另一个人的身上。两人之间隔着时间、空间，可是此刻，星梦渲却被迫接受了那个人的思想。此时的星梦渲已经无力思考自己真正想解开的问题了，她的脑海中尽是自己不能理解的场景，可是一切的一切，看起来又是那么顺理成章……

……周围的人们依然保持着一直以来的平静，丝毫没有意识到危险离他们只有一步之遥。她该怎么做？应该呼喊着让他们快点躲开还是应该继续完成这个即将完成的复杂阵法？不，她不想让自己刚才的努力功亏一篑。这个阵法的精髓她已经参悟了多年，如今终于迎来了见证成果的时刻，她舍不得就此放弃。明明只要稍微改动一下阵眼的位置就能成功了！但是她不敢轻举妄动。眼下的局势需要变革，然而变革必将带来危险。一旦扛不住这一劫，等待他们的又会是什么呢？诚然，在一开始她就在人数上限制了阵法的威力。从理论上来说，这点冲击她还是能扛得住的。可是事情一定会按照规律发展吗？若是中途生出什么变故……她不敢想下去了，她开始反思，自己到底应不应该冒这个险，毕竟这不仅仅牵涉到她一个人。可是她要做什么？她能做什么？时间在她的犹豫中悄然流逝，第一波冲击就快降临……没事的，她相信自己的能力，一定能挺过去，一定能挺过去的！在她的祈祷中，一股强大的力量开始撞击她的身体。成败在此一举！她试图把全身的魔法集中成一个光球，可是不知怎的，她的全身仿佛被抽干了力量——她的魔力在消退！她惶恐起来，为什么？怎么办？她全身战栗，一股心底产生的寒意笼罩了周身……

……梦渲怔怔地站在原地，双手捧着青花瓷盘子，浓重的靛蓝色从盆子中心蔓延开来。那种意识的交融到此为止了，她搞不清楚刚才到底发生了什么，那种无法抵抗的紧张和恐惧依然在她全身游走……

“一股巨大的魔法能量！”涯倾倒吸一口凉气。他赶过来抢过盘子，盘子的花纹顿时消失了。只有贴在梦渲身上盘子才有反应。他赶紧拿过储存魔法能量的瓶子，想要把如此充裕的能量吸进去。但瓶子毫无反应。一切就像是在两个时空里发生的事似的，之间毫无干系。

秦泺也来了，她小心地拿回盘子，在依旧怔怔然站在原地不知道在想什么的梦渲身上移动。

“魔法最强之处不是眉心，而是心口。”秦泺说，“这股强大的能量来自她胸腔之处的他识。”

“也就是说……”

“我们必须以星梦渲的自识为媒介，进入她的他识。”

一大串的魔法术语又把众人给听乱了。他识？自识？都是什么东西？在众人的一再要求下，涯倾做出了解释。

“自然系魔法中，一个人的魔法是天赋的。”涯倾先是说了一句所有人都知道的基本常识，“星梦渲也是一个拥有天赋自然系魔法的人，她的祖先中，至少有一位拥有天赋自然系魔法的人。那个人的魔法因子沿着血缘一代一代往下传，一直到星梦渲。但是，这种血缘继承下来的魔法因子是不能被星梦渲所使用的，只能单纯地‘存在’。在魔法因子通过血脉传下来的同时，那位祖先也有一部分记忆留在了星梦渲的血脉中。这些记忆不是星梦渲自己的，平时也不会无缘无故地出现，只有在极特殊的情况下，这些记忆才会呈现在星梦渲的脑中。”

“所谓他识，就是指星梦渲的祖先流传在她血脉里的魔法因子和记忆。自识就是指星梦渲自己的魔法因子和记忆。而他识存在于自识中，自识存在于潜意识中。”涯倾结束了讲话。

看大家都不是很懂，他又补充了一句，“现在我只是大概解释一下，魔法因子传承还有很多规律和条件，你们现在恐怕还没办法弄懂的。”

“可是这不会很危险吗？”星子夜惊叹起来，“听上去，这很是危险的样子。”

“是的，我们确实有这样的担心。”涯倾撇了撇嘴角，“但是第一，既然有这样的机会，可以拯救魔法世界，我们怎么能因为危险而退缩；第二，其实我们还有办法凝固别人的潜意识，从而使我们顺利地出入。”

“什么?！……”星露渲突然有了一种很不妙的感觉，可是不妙在哪里，她一下子还没有想到。

“凝固潜意识！”星槿熙惊讶地张大了嘴巴。

“凝固潜意识的对象是梦渲！”星菀轩感觉到全身发冷，她拉着旁边的墨尹，勉强地支撑着自己才没有倒下去。

这时候，更多反应过来的星座女孩想起了冷老师的话：“常记会被灌进泻药，星雪落会被纠缠，星梦渲会被凝固潜意识。”然而，最关键的还是，预言一一实现后，那么是否意味着对星菀婷的预言也会即将发生呢？

“不，不能！”她们齐齐地、惊慌地回答。

“为什么不能？”涯倾奇怪地发问，“哦，忘记告诉你们了，凝固梦渲的潜意识，虽则看上去令人害怕。可实际上，我们并未心存恶意，所以是没有危险的。我敢担保，一丝危险也没有，只是让她的潜意识凝固几分钟而已。”

涯倾以为，他这样一解释，十二星座女孩们就会放弃刚才的观点，转而嬉笑着和他们合作，哪怕当事人星梦渲因为害怕不同意，那不是还有周围的朋友劝解她吗？为了正义的使命，我们要勇于献身。

“但，还是不行。”

涯倾听到了让他觉得奇怪的回答。他简直以为自己的耳朵坏掉了。这怎么可以？为了正义的事业，牺牲一丁点的时间凝固一下潜意识，这怎么算都是应该高兴着答应的事情啊！

“能不能换成凝固我的潜意识？”星于葶在旁边怯怯地说道。

“你以为呢？”涯倾难得摆出一副没好气的样子，“你的思想里存有巨大的魔法能量吗？我们进去难道是图好玩的吗？这也是存在危险的！”他正想再训斥这些小鬼头一番的时候，秦泺拉了一下他的衣服，他就识相地住了嘴。

“能告诉我们，你们有什么顾虑吗？”秦泺用一种特别温和的语气说，像极了邻家的大姐姐。

秦泺这种善良的表情，还真是少见！涯倾想。脑海里浮现出秦泺抡着板凳砸蟑螂，蟑螂没打到却把地砖打裂的情景。

“我们……”星于葶嗫嚅着不知道怎么说。要完全说明白，这不得是一个长长的故事吗？

“梦渲被凝固了潜意识，菀婷就可能死！”旁边的星棂汐快人快语。

“噢，原来如此。”已经知晓情况的秦泺和涯倾长出了一口气，“预言只是将有可能发生的事情预先阐述，并不一定非常精准的，比如天气预报，你见过天气预报次次准确吗？”

“可是，冷老师说的预言已经实现了一些，比如菀轩考第一名……”星雪落说着，却突然感觉到周围恍若利剑的目光，声音不由得低了下去，讷讷地说，“当然，菀轩是必定考第一名的，这算不得她的预言实现。”

“但是常记被灌了泻药这总是真的吧？雪落被纠缠总也是没有异议的吧？！”子夜把话题接了下去，她用表情凝重的脸色表示对这件事情的不乐观，“都到了这个时候了，我们不能放松警惕。”

“那么你们怎么样不放松警惕呢？”秦泺有点好奇地问。

“以前我们的方法是大家都陪着菀婷上厕所，以免粗心大意的她没有观察周围的环境。”墨尹高兴地宣布，“但到了现在，我们发现还有一个方法也许有用，那就是阻止前面这些预言的实现。”

“只要前面的预言没实现，对菀婷的预言也就同样不会发生了。”在星墨尹的声音里掺上了棂汐她们好多个女孩的声音。

“可是这事件关系到整个魔法镇的安危！”秦泺打算用人生大义说服她们。

“关系到魔法镇的安危？”众人异口同声地问道。

看上去好像有门儿，秦泺暗里推了一下涯倾，示意他来解释这个问题。只要解释得好了，相信这群小女生不会不顾魔法镇的安危的。

“嗯……怎么说呢？”涯倾思索了片刻，“魔法饱和度一低下来，人均魔法能量指数也就低了。你们最近应该有一些魔法能力下降的表现才对。把饱和度改回来之后，你们魔法能量指数就正常了！”

“但是跟我们有什么关系啊？魔法能力低一点而已，无所谓啊！”星玄枫表示无语，“你们说是拯救魔法世界，但是我们根本不知道这个世界出了什么问题。”

秦泺不满意涯倾的轻描淡写，在瞪了他一眼后，又补充着说：“当然，这是其一。除了这个因素，魔法饱和度的降低有可能使得我们受到来自其他平行世界的入侵。到时候，我们这边的魔法能力下降，完全不能抵挡外界的入侵，一片生灵涂炭，不是你们想看到的吧?!”

涯倾好像也认识到了自己的错误，现在应该把情况说得很严重才行啊！这样才有可能得到面前这些女孩的支持。“当然，除了这些之外，最可怕的是魔法饱和度持续地下降，可能会使得我们的这个世界再也无法支撑，从而最终崩溃。”他夸张地做了一个爆炸的手势。心想着，这回你们该有所顾忌了吧！

“那么，这个持续下降的过程有多长呢?”星菀轩在旁边似乎不经意地问。

“嗯，这个……可能几百年，当然也有可能是几十年吧。”秦泺极想把时间说成明年就会来到，但这实在是太离谱了。事实上，这个过程至少也要持续上几千年的，即使秦泺很久以来都是属于那种擅长说谎的人，可是尊重真理的她依然不允许自己把事情说得过于离谱。所以她只是把时间略微压缩了一下，

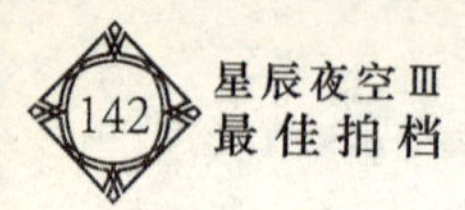

以便于让这些孩子更加能认识到事情的严重性。

“太好了！”高二星班全体成员高声欢呼。

秦泺和涯倾被彻底地搞蒙了，在这时候欢呼，这是搞什么鬼啊！难道他们说的问题还不够严重吗？

“还有几十年，只要菀婷没事，几十年后会怎样关我们什么事？”

“对啊！对啊！他们不是说了是有可能吗？那么当然还有可能不是这样了？这可让我们更没有负担了。”

“拯救魔法镇最不济还有老师他们顶在前面吧，跟我们这批小女生有什么关系呢？我们还是快快乐乐地享受青春吧！”

秦泺想了想，还是说道：“但是，世界上有一种魔法，若是在某人的意识中碰到机缘，就有一定的概率能破解预言哦！”

“为什么在星梦渲的思想中？我们还只有十四五岁！”年轻的秦泺背着小时候的书包，问身边同样年轻的涯倾。

“我不知道，这不是重点。”涯倾扭过头来说，“倒是你，什么时候又学会破解预言了？”

“难道我说错了？”涯倾见秦泺望过来的眼神中充满了异样的神情，觉得自己好像在哪个环节出现了理解错误，可是是哪个环节呢？

“你不会真以为我会什么魔法，如果遇到机缘能够破解预言吧？”秦泺眯起了眼睛，“那群小女孩不清楚，你不可能也不清楚吧！虽说预言的事情会随着预言者的能力，包括当时的环境等各种各样的因素发生精确度的变化，但可是从来没有听说过谁能逆天改命哦！除非……当然，这群小女孩不可能达到那样的境界，现在这个世界上的人，谁也不可能达到那个境界。”

“你是说那个……”涯倾的脸上也现出向往的神色，但片刻间他就自嘲似的干笑了一声，“那么你这样说是骗她们的喽？”

“也不是完全骗她们吧！我观察过她们的命相，觉得并不是会遭遇那种惨事的命相。况且，改变命运这种事也并非没有先例。”秦泺叹了一口气，好似为菀婷的命运担忧，“也许是当时有什么事情干扰了她们老师的预言。”

“那如果以后预言并没有被打破，我们该怎么向她们解释呢？”涯倾的脸上难得浮现出了一种担心的神情。虽说他经历过不少大风大浪，也面不改色地欺骗过很多人，但是面对几个十几岁的女孩，他实在做不到心中无愧。

“只能说在梦渲的潜意识里没有遇到那个机缘了，毕竟，之前也跟她们说了这是小概率事件。”秦泺又叹了口气，虽说欺骗小女孩的感觉并不好受，但为了完成他们的任务，有些时候也只能使出一些小手段了。

“还是先做正事吧！”涯倾观察着周围的环境。这是一片宁静的树林。他看到草地上盛开着长着星露渲的脸的鲜花。应该是她的记忆吧。但是意识中含有的记忆成分应该只有这么一点点了。潜意识就像是脑海中一个隐藏的空间，里面是什么东西可能连主人都不知道。旁边一棵树的树干上写满了字，涯倾仔细一看，居然是当年那道题目为什么选乙的完整解析，还是当年那个人的笔迹!

“涯倾，看什么看，快去找通向他识的通道啊!”秦泺在喊他。

“我想我可能已经找到了。”涯倾抚摸着树干上的一个树洞。

“那就快点进去吧!”

树林突然变成了电脑显示屏的桌面，一条系统提示浮现在桌面。

提示：您已被强制接受魔法能量。

“秦泺!”涯倾叫道，“我们的魔法力量储存瓶被装满了!”

“我知道!”秦泺被手中瓶子突然增加的重力惊得差点丢下瓶子。

“这真是极好的!”涯倾激动得无法自拔。

“但是这些能量又是从哪里来的呢?”秦泺认真地思考，“自识?不可能。他识?那也不太对啊……”

“至少这不会是坏事吧！拜托，拜托了！难道星梦渲——一个高中都没毕业的小鬼的潜意识会把我们都吃了不成?要是咱拿走了这魔法能量还会被群殴不成?”涯倾感到非常不可理解，“再说，强制接受的意思就是还不回去了哦！我们可是想还也还不掉！你就不要疑神疑鬼了！解决这次事端，回去好好扮演我们的烤鸭店老板!”

两人高高兴兴地从星梦渲的潜意识里钻了出来，星梦渲的发呆状态就被瞬间解除了。其实虽说她因为一直陷入潜意识中而呆呆站立很久，但其实自我意识早就恢复了，只是因为意识被入侵而一直动弹不得。她已经用一个愚蠢至极的姿势站了好久，其间不断被同学们挑衅和挑逗。都快气死她了！按照常理来讲，她应该希望两人成功归来才对，但是她却希望那邪恶的秀恩爱组合碰一鼻子灰。但是当她终于可以动弹的时候，她却看见由两缕烟雾幻化而成的人形之一得意地捏着瓶子笑了。看样子是成功得不能更成功了吧！

“那么菀婷的事情怎么样了呢？”星菀轩在旁边追问着。

“嗯，我们在梦渲的潜意识里，得到了一个信号。”秦泺煞有介事地说着，“只要在某个时刻，你们做了正确的选择，这个预言就会变化。”

“真的解决了啊！”没心机的星菀婷特别高兴。一想到要死在厕所边，她心里就特别不是滋味，死固然可怕，可是自古以来谁没有一死呢？但要是死在厕所边，实在令她感到无比的憋屈。以前她总是小心翼翼地藏好自己的想法，怕朋友们嘲笑她的胆小。

“但是——”问题解决了之后，涯倾和秦泺对于星菀婷来说唯一的意义就是那家烤鸭店是他们的产业，“解决完这个问题之后，你们难道就不留在魔法镇了？烤鸭店怎么办？怎么办呢？”

“在魔法界出现下一个危机之前，我们还是会一直留在这

里开烤鸭店的。”秦泺答道。

“问题真的解决了？”星子夜用怀疑的眼神审视着秦泺，直到她的脸色微微泛红。但是她看到菀婷高兴的神情，并没有把心底的疑问说出口。也许，我们以前所做的陪着菀婷上厕所就是一件正确的事吧？为此，预言的结果会发生变化吧！

“哦哦！你们是从魔法保安局之类的地方来的吗？工作就是维护世界和平？”露渲由此联想到了电影里那些贴着墙根走、穿着黑风衣、戴着黑墨镜的大叔。

“不只是唐宋元明清才有江湖。”涯倾轻轻一笑，“江湖永存于奇迹中。”他拉着秦泺出了门，消失在一片清甜香味中，仿佛根本没有存在过。

第十章
星雪落与疯狂的常析之

“所以，你的目标就是找到一个比你更好追的人，是吗?”忆风偷偷看向菀轩的星图。“没错！”星雪落望向茫茫星空，立下了这个伟大的目标，“我一定要尽快找到一个比我更好追的人！”

还记得磷火乐队那个半吊子乐队吗？他们现在有一个烦恼，那就是，排练的时候来围观的人越来越多，正式演出时的观众却越来越少。尽管如此，所有的成员也都还勉勉强强地维持着乐队的正常运作，把排练当成演出。

也就是说，来围观的不只有星班的人了。这是为什么呢？且听我细细道来。

磷火乐队正在有气无力地进行月考成绩单发下来后的第一次排练，除了依旧面无表情的常安七，其他的人好像都不太高兴。星雪落大嚼薯片的咔嚓声以绝对的优势盖过了凌远萧同学哀哀打鼓的声音。但是凌远萧同学由于成绩单上的数字略小，难过得都没有去和星雪落理论。但没过一会儿，他好像就越来越起劲儿了。事实上，不止他，整个乐队都是如此。难道是薯片发出的声音刺激了他们吗？事实，并不是这样的！

常析之蹑手蹑脚地从后门走到了星雪落的身后。常记不厚道地出卖了常析之，导致整个乐队都知道了常析之今天的计划。

是的！由于常班的多人怂恿，常析之决定给星雪落一个标标准准的——“壁咚”（用手臂环住某人，使之靠在墙壁上）！

常析之满怀信心和勇气，偷偷绕到星雪落背后。是了！就是这个时候！他伸出手来！他决定了！

但是他的手快落下的时候，他想到了以下两个问题：

1. 星雪落应该正面朝他才可以。

2. 星雪落背后没有墙壁。

可是没有办法，想到这些问题的时候，他的手已经摁了下去，华丽丽地摁住了星雪落的脖子。此时的星雪落正踮着脚，伸长脖子好奇地张望着，是什么原因使得乐队的排练起劲了呢？脖子上传来的一点点力量就让她猝不及防地摔了下去，捧着薯片的双手甚至来不及撑一下地做个缓冲。她的脑袋直接砸在了地板上。可怜的星雪落连叫都没能叫一声，整张脸和音乐教室的地板来了个亲密接触。一瞬间，她简直感觉自己成了动画片里的人物，扁平地贴在了地板上。

常析之觉得现在可以开始他的真情告白了。他想了想，与其自己也趴下去，不如把星雪落从地板上揪起来。于是他真的这么做了。没顾得上去看星雪落那气愤至极的脸，就开始了他的真情告白：

“我喜欢你！”

众人都好奇地猜想着等待着常析之的下文。然后却再无下文。

星雪落觉得不太对劲，常析之怎么可能就说这么一句话就作罢了呢？但是她有所不知。常析之在常班征集告白段子的时候，常般若实在是嫌烦，干脆就告诉他说：“其实有的女孩子喜欢简单纯情的告白呢！”

“什么样才是简单纯情的告白呢？”简单点，不就是字数少点嘛。纯情嘛，就是要把喜欢啦、爱啦挂在嘴边啦。常析之轻易就获得了对“简单纯情”的理解。因此他也恍然大悟，原来之前的告白得不到星雪落的接受就是过于繁复了啊！枉他费了那么多心思到处去摘抄各种语句。

“常析之！你可以正常一点吗？”星雪落被激怒，操起宇宙的高级吉他就要往常析之头上砸。

“不要啊！”乐队男生们集体下跪，“求求你放过他吧！”

“平时没见着你们多要好啊！今天怎么了？”星雪落不屑地拿着宇宙的吉他晃来晃去。

“其实……”凌墨昆含泪道，但一看星雪落举起吉他作势要砸下去，就被吓坏了，“星菀婷女王大人，请您帮帮忙，让我们敬爱的星雪落大姐大冷静下来吧！”

常安七帮忙补充：“其实宇宙的那把高级吉他是我们乐队捐款给他买的呀！”然后他露出一脸悲哀（狰狞）的表情想要博得同情。

哦……这就是了。那群男生是不会有那么深切那么真挚的情感的。星雪落暗自思忖。

至于那邪恶的常析之……

星雪落丢下吉他，满脸杀气地拿起凌远萧打架子鼓的棒子，狂敲常析之的脑袋。

她受够了！她真心不想继续过这种连吃烧饼都能吃到情书的生活了，并且每张情书最后的落款都被常析之大言不惭地签上了自己的大名！

“我亲爱的落落，我是否哪里做错？我哪里对不起你？嘤嘤嘤…………”常析之掌握了新技能：装可怜。

“谁是你亲爱的落落！恶不恶心啊，你！”

“我亲爱的雪雪……”

然后常析之的脑袋就挨了几个栗暴。

“不！我不放弃！”常析之悲愤道，“我心爱的雪落！就算你伤害我一千一万次，我都会坚持爱你一辈子！”

于是常析之又被打栗暴了。

“就算你爱的人不是我……”常析之奄奄一息，趴在地板上好似僵尸。

不由分说，再次被打栗暴。

“我也一定会……”常析之在地板上蠕动。

继续挨栗暴。

“守护着你……”

语毕，四下感动至极。

“多么专情的男配角！”星梦渲落泪。

“为什么我只是男配角?”一听到让他不喜欢的字眼，常析之立马激动。

“因为‘一直守护着你’什么的是男配角的经典台词啊!”星露渲解释，“你知道为什么男主角和男配角都要追女主角吗?因为女主角喜欢的那个就是男主角，而男主角会有主角光环。男主角和男配角其实是在抢男主角的地位啊!”她渐渐地跑题了。

而磷火乐队已经激情洋溢地演奏了一大段的悲情音乐，通常在剧情中男配角死掉的时候出现的那种。

虽然在这里再次遭遇滑铁卢，但是，乐队的伴奏还是让常析之感受到了音乐的力量。从此，磷火乐队排练室就成了常析之出没较多的地方。来自各班的朋友为了一睹这个专情男配角的风采，纷纷赶来围观。

“喂喂，你说，常析之那家伙是不是太执着了?”星雪落努力观察着冥王星的位置并记录下来。

星忆风看看一旁把天文望远镜对准雪落并执着地寻找焦距的常析之答道：“不，也许只是有点蠢而已。”她突然话锋一转，“多么痴情!”她看不到望远镜后星雪落的表情，想想都知道那表情是多么的可怕。

“说起来，他到底为什么追我，还是疯狂版的?”星雪落叹了口气。

“因为你救了他，他就以身相许啦!”星忆风回忆起她们之前讲起的故事，在拔老鼠的时候，竟然连带着拔出了常析之。

而常析之口中的“地宫”，也引起过她们的争论。一方坚持认为听说过，还特地到图书馆查阅资料，可是什么也没有找到。而另一方，则是认为常析之，或者常析之伙同他人，用结界来恶作剧。要不然，怎么解释老鼠能进石碑，而常析之一出来之后，就进不去石碑了呢？

所以，星雪落对于忆风的这个答案很不满意。

“那么……难道是因为……你好追？”星忆风说着玩笑话。

“没错！”星雪落惊叫，搞得老师频频向她蹙眉，“只要我找到一个比我更好追的，我就解脱了！常析之就不会来缠着我了！”

“所以，你的目标就是找到一个比你更好追的人，是吗？”星忆风偷偷看向自己另一边菟轩的星图。

“没错！”星雪落望向茫茫星空，立下了这个伟大的目标！

“我一定要尽快找到一个比我更好追的人！”

“首先我们要分析一下你为什么好追。”星忆风认认真真地确定研究方向。

“那么为什么呢？”

“第一，你很丑；第二，你很矮；第三，你很胖。”

“算了，你还是不要说了……”星雪落扶额。

“不可以啊，落落！”星忆风大义凛然，“雪雪，我们必须痛定思痛，才能找到一套完美的解决方案啊！”

星雪落满脸无奈。托常析之的福，全班都拿这两个昵称笑话她。她还有没有一点威严了？

“没有。”墨尹淡定地从旁边路过。

“那我们就去找一个比你更丑更矮更胖的人吧！”星忆风一挥拳头，差点砸在雪落脸上。

“我怎么听着那么别扭呢……”星雪落嘀咕着。

“在胖子界，无可匹敌的就是——”星忆风全然不顾星雪落，忙活着分析情报，“常！记！”

“你吓我吧？”星雪落向后一跳，“如果常记都能算是无可匹敌的胖，那不是连你都成万吨级相扑选手了！”

星忆风委屈地噘噘嘴：“我只是看他们友情深厚，比较可能有进一步发展的空间嘛！”

“那也不至于叫他去追男的吧！星忆风你最近歪点子怎么这么多！”

“那么，那个外号叫‘美少女战士’的高三学姐怎么样呢？”星忆风出谋划策。

“够丑吗？”星雪落虽然知道“美少女战士”长得什么样子，但还是想知道星忆风对此的看法。

“给你画张画像怎么样？”

“好啊！”雪落嘴上答应，心里琢磨着星忆风不是画画很糟糕的吗？

不久，星忆风大功告成。

画像上只有一个椭圆形，上半部分被涂成了金黄色并加了一个红色蝴蝶结，眼睛比例完全失调，一个大一个小。

“你至少抓住了几个特点……”星雪落艰难地评价，星雪落当然是见过这位“美少女战士”的，“你画出了她……眼睛一大一小，嘴唇厚，金发。这三个特点表现得很完美啊！”忆风的画画水平让她不敢恭维。

“我们一定要让常析之去追‘美少女战士’！”两人击掌。

“但是怎么办才好呢？”星雪落发愁了。

“很简单！”星忆风打了一个响指，“只要让他们俩碰面，然后常析之就会注意到‘美少女战士’更好追，然后你就解脱了。”

“也对哦！”星雪落若有所思，“那我们怎么引他们出来呢？常析之的话，只要对他讲我在等他，他就会颠儿颠儿地过去了。‘美少女战士’我还真不了解。”

“对了！”星忆风一拍手，“‘美少女战士’是我们学生会体育部的。每个部的人都要分配时间检查校园卫生和纪律，我只要安排她去检查某个特定位置——比如楼梯口，然后再把常析之引到那里去就可以了……”

一切安排有条不紊地进行着。星忆风把“美少女战士”安排在星期四中午在楼梯口检查大家有没有戴上胸卡。同时，她放出风来对常析之说星雪落星期四中午会去图书馆。常析之当然会去了。为了验收成果，星忆风会“无意间”靠在楼梯口看风景。

等了许久，星忆风终于等到了经过此地的常析之。常析之显然注意到了丑到极致的“美少女战士”，但他表情变化并不很大。同时，他也看到了星忆风。他的眼睛立刻冒出了犀利的光芒，好像早已看破一切。

星忆风心里一哆嗦，常析之不会知道她们阴险的计谋了吧？不好！常析之正在靠近！他一定是知道些什么了！

常析之真的走过来了。他严肃地走到忆风跟前，冷笑一声："晚上九点半，QQ上说。"然后他骄傲冷漠地走了。

星忆风越发觉得她一定是暴露了！但是事已至此，不应也不行。于是她硬着头皮上了QQ，等着常析之揭发她。

常析之："星忆风，你可以选择不回复我，我知道说这些你也很难堪，只要听我说就好。"

常析之："星忆风，我本来觉得你一定是喜欢我，所以趁我去和落落约会的时候守株待兔，想要得到我的心。还特意找了个丑八怪与你对比突出你的美丽。"

星忆风："……"

星忆风乱打了一串省略号表示她还在听。尽管她很是无语。

常析之："但是后来我发现落落不在图书馆的时候，我什么都明白了！你不是喜欢我，你是喜欢星雪落对吧？所以你吃醋才把星雪落支走了！对不对?!"

星忆风震惊了！她又惊又喜，喜的是常析之没能发现她邪恶的阴谋，惊的是常析之居然会用这种逻辑理解她的所作所为。常析之又是一个大嘴巴，容易无意间走漏秘密的人，估计不久，全年级都会传遍她星忆风的谣言了。不过这倒是没什么关系，类似的新闻天天都有，基本上传上几天也就淡了。所以她倒是不很在意这点，表现得比较淡然。

但是星雪落却不是很淡定，因为她本以为完美无缺的方案居然败在了常析之的“天真无邪”上。她是一定得再想个办法的。

“星忆风，你一定有方案二吧，拿出来吧！”她追问。

但事实上，星忆风并没有准备方案二：“这可是你自己的事，该轮到你自己想才对。”她这么说。

于是，星雪落就只好自己想办法。她决定从根本上解决问题——把自己变得不那么好追——至少看上去不那么好追。对于如何解决这个问题，她认为应该把自己的外貌变得更加美丽。于是她决定——减肥！

星忆风睡得很死，她正梦见自己在考试，才做了一半，铃声就响了。一紧张就醒了，睁眼一看，星雪落正站在她的面前，像个鬼怪。星忆风吓了一大跳：“我的老天！你是怎么进来的啊？”

“你没锁门啊！”星雪落理所当然地回答，“快起来，陪我去操场上跑步！”

“你吃错药了吧？！”星忆风睡眼惺忪地看看挂钟，“早晨五点！星期天的早晨五点！”

“正好完成我的减肥大计不是吗？”

天，是蓝灰色朦胧的天，高中校园的操场上，两个年轻的女生正在奔跑……一个满头大汗，一个不停抱怨。

“你得跑上几个月才能有明显的减肥效果。放弃吧！星雪落！”星忆风正在开导她。

“我相信，我只要忍耐几个月就能成功了！不然的话，常析之这小子会缠我好几百年的！”

“放弃吧！除了跑步，还有别的方法进行锻炼。我最讨厌跑步了，要不去游泳吧！”

“别说了，说得好像学校里有游泳馆似的。”

星忆风想想，觉得也对：“那你自己减肥可不要拖我下水啊！我不需要减肥！”

“问世间情为何物，只为陪好友跑步！”

“但是我觉得跑步有一个很大的问题……”忆风向旁边侧目。

雪落顺着她的目光往旁边看——常析之正在旁边跑道上跑步！

常析之眼神怪异地看了星忆风一眼，然后就又阳光灿烂地跟雪落打起了招呼。

“星雪落！我喜欢你！”他朝着星雪落咆哮。

“我知道！所以你不要再说了，好吗?”

“做我女朋友吧！”

星雪落考虑了一下拒绝方法：“不行啊，我不能影响你的学习！”她一本正经地说。

“啊！落落！我就知道你对我最好了！原来你对我是真爱啊！”

算了，和这种人已经无法交流了！星雪落摇摇头，惋惜地

看着这个精神病患者，拉着星忆风跑回了教室。

“你这样子可不行啊！”毫无疲惫之色的星忆风眯眼看着满头大汗的星雪落，“要不换种方式？比如做瑜伽，做作业也可以啊！”

“我放弃了！”星雪落哀号，“不管走到哪里我都会碰见常析之啊！”

第十一章
星棂汐与影剧院二三事

一进一号厅，四个神经兮兮却很熟悉的回头率极高的身影吸引了她们的眼球。

“我告诉你们！这次魔法镇的唱歌比赛我和洁癖女（星子夜的外号）已经闯进了决赛！这周日下午！魔法镇影剧院二号厅！你们只要买一张通票就可以愉快地来看啦！”星棂汐一脚踩在桌子上，一脚踩在沙发上，“你们必须来看！”

“我相信不会有人来看的！”露渲低头看着她刚买的明星周边，“因为大名鼎鼎的帅哥二人组Lost Fun乐队就在魔法镇影剧院三号厅举行演唱会！全校都知道。估计也只有你不知道了。有这样耀眼的存在，估计是不会有人去二号厅了。”

“反正我一定会去看演唱会的！”星梦渲举起拳头，“只要买一张通票，一、二、三号厅都可以去看呢！虽然三号厅是站票，只能站在最后一排后面看。”

“话说这安排得也真是……”星墨尹不满地说，“把魔法镇

的唱歌比赛和Lost Fun的演唱会安排在同时同地举行，还要买通票可以到处随便看。这不是纯粹找碴儿吗？说不定连亲朋好友团也都挤三号厅去了吧？”

“是啊，是啊！听说本来是想让他们在文化节上压轴的，可是临到头来，突然发现和他们的档期冲突了，所以就提前了一天。不过不管在哪天，我反正是非常想去看Lost Fun的演出的。”星露渲可怜巴巴地望着棂汐，好似一条向主人乞求食物的小哈巴狗，“亲爱的棂汐，你是不会怪我不来支持你的，对吧？毕竟，Lost Fun可不会常来这儿。”

“这样一号厅的观众岂不是也跑光了？”星棂汐瞪大眼睛问，没有理睬装可怜的露渲。

“话说回来，一号厅是什么演出啊……”星槿熙默默地发言。

“不清楚。”星墨尹耸耸肩，“反正我和于荨是打算买一张通票去二号厅看棂汐的。我们又不追星，去三号厅不仅没啥意义还得站着，还不见得能够看清Lost Fun的脸。”

“那么其他人呢？”星露渲见装可怜没有打动棂汐，就开始打其他人的主意，“棂汐和子夜唱歌我们可是常常听到的哦。而Lost Fun呢？说不定，这几年就这么一回了。”

“还是为棂汐捧场重要。”星墨尹有点生气了，她不是追星族，实在没法理解还有什么事情比给朋友捧场更重要。

“去看Lost Fun更紧要。”涉及追星的问题，星露渲也寸步不让，“凭棂汐和子夜的实力，明年进决赛绝对没问题，今年不去捧场，明年还可以去。可是要见Lost Fun就不一样了，错过今年，就可能有几年都见不了。”

“捧场更重要！”星墨尹也不甘示弱，“说不定我们可以见证棂汐和子夜成为冠军。”

“怎么可能是冠军？泠老师的预言里不是说她们决赛会失意的吗？”星露渲为找到了墨尹话中的漏洞而高兴，所以不假思索地说了这句话来反驳。

星菀婷听到这句话，脸色唰地变得苍白。泠老师的预言一直是她心头的一根刺，随着时间的推移，这根刺不仅没有被拔除，还有越扎越深的趋势。她感谢朋友们一直成群结队地陪着她上厕所，也经历了为秦泺和涯倾一句没头没脑的话感到高兴的时刻，尽管事后她回想起来，秦泺和涯倾分明是在敷衍她们。“在某个时刻，做了正确的事。”是什么时刻呢？今天，明天，还是大后天？正确的事，又是指什么呢？是上厕所是正确的事呢，还是不上厕所是正确的事呢？譬如到了周日，是去三号厅是正确的事呢，还是去二号厅是正确的事？一直以来，她强装着笑脸，用没心没肺来麻痹自己，也免得朋友们担心她。但是，在她的内心深处，始终没能走出这个预言的阴影。所以，当露渲口无遮拦地说出这句话的时候，她再也没法扮出她一贯的乐天派的角色。

看到众人都沉默不语，星露渲知道自己说错了话，她赶紧试图纠正：“不是也没听槿熙说起做过令她懊悔不已的梦吗？”可是，这段占卜课上的内容就是大家最不愿意说出口的，于是众人越发地沉默了。

星露渲只得怯怯地说：“好吧！那我们在棂汐和子夜开始演唱的时候过去捧场吧，你们看行不？”

“没事，没事！”星棂汐一看气氛不太对头，就大度地说，“这都要怪主办方，你们到时候看吧，能过来听我唱歌那肯定好，不能过来，那也没事，说不定到时那边挤得你想出都出不来呢！再说，按子夜的性格，我看还是没人捧场好点，要是人一多，一紧张，完美的唱功还发挥不出来呢！”她不忘把子夜拿出来打趣。

周日下午很快就到了。

“快点快点！”星梦渲坐在副驾驶座上，催着出租车司机。

“小妹妹！这可是红灯啊！”司机大叔无语。

“梦渲，不用这么急，还有一个半小时。”坐在后座的星露渲看看表，“我们已经来早很多了啊！”

“你不懂啊小秤子（星露渲的外号）！”星梦渲激动地说，“早去了之后就可以混到后台，说不定可以近距离接触明星哦！”

“你这未免也太早了点儿……”星露渲不禁感慨。

她们毫无悬念地第一个到达。

“快！快！快进去吧！”星梦渲死扯露渲的袖子。

“三号厅门还没开呢！”星露渲无语地坐在大厅的座位上。

“我们开始寻找明星吧！我一定要一睹Lost Fun的真容！”星梦渲坚持，“我们必须找到他们！”

“好吧好吧……”星露渲站了起来，“那里算是吗？”她指着一个挂着“工作人员休息室”牌子的门，“去碰碰运气好了。”

“哈！”梦渲大喝一声，推开了门。教室大的空间里一个人也没有，只有一排排的座位和挂在墙上的红色志愿者帽子。梦渲好奇地取下一个帽子戴上。

“真丑！”星露渲嫌弃。

“那你也戴上！”星梦渲又取下一顶帽子戴在露渲头上。

“别闹了吧！”星露渲戴上帽子，照照镜子，“嘿！风格挺配合的嘛！”

门突然打开了，一个穿着职业套装的女人走进来着急地说：“工作人员哪里去了！只剩下一个小时了！”她不由分说，“快过来准备准备！”

梦渲露渲稀里糊涂地跟了过去。不好，玩大了！

星忆风走进三号厅。星雪落因为被干锅鱼临时叫去打杂而没有跟她一起来。她走进三号厅，蹲在角落里玩手机。实在是好无聊啊！希望星雪落快点来。

她入迷地玩着《别踩白块儿4》，“贱鸟模式”她已经玩到一百多分了，千万不能再出错！

好！破一百五了！她心中一阵狂喜。手抖了一下。

然后……悲剧发生了……星忆风的纪录停止在了一百五十三分。

哦！天哪！星忆风痛苦抱膝。她蹲累了，想站一会儿。但是——天哪！自己身边什么时候全都是人了！雪落，你快点来吧！

而星雪落同学此刻正在三号厅门口苦苦等待。不是说好在这里集合的吗？为什么不仅没看到忆风，连早到的梦渲和露渲都没看到！她试图往里面挤，到里面去找找看星班的同学是不是已经进去了，可是整个门口已经水泄不通。她有点恐慌，在汹涌的人潮中，却没有一个认识的人……

咦？她看到了一个熟悉的身影——常般若！他往另一个方向去了。

既然有常班的，星班的会不会也在那边呢？星雪落这么想着。她跟着走了过去，本来她应该是站票。但看着空座位那么多，她也就随便找了个座位暂时先坐下。舞台空荡荡的，还没有开演呢！她找不到星班的人，打了几个电话她们都不接。

后面好像有一阵熟悉的骚动……她回头，后面整整齐齐地坐着一整排常班的家伙。

这么说常析之也在！星雪落的头发都竖了起来。

“放心吧，那家伙——暂时——不在。”常般若故意剥开蛋黄派的包装，用窸窸窣窣的声音尽量掩盖“暂时”这两个字。

“那就好。”星雪落长舒一口气，心想：我还是先在这里待一会儿，不用站在人堆里闻别人的臭汗。待会儿人都进去了，那我也能很容易地进去吧。于是她安心地等待开场。

被误认为志愿者的梦渲和露渲高高兴兴地在后台打杂，又是扫地又是拿各种东西，还能远远看到Lost Fun二人组的部分头发和鞋子。为了不影响后台秩序，她们特地把手机调成了静音状态。她们已经很知足了。以她们原来的票来看，她们只能看到舞台上的两个点点而已。她们一边欣赏着帅哥的头发和鞋子，讨论谁比较好看，一边聊他们今天要唱的歌。

“我超级喜欢那首《灯火》，结尾处那声巨大的‘嘭’真是令我浮想联翩。”星露渲说。她总是联想到有谁被撞死了的声音。

“我倒是觉得这首歌有些逗，歌词有些连接不通顺。我喜欢《灯火》后面的那一首叫《你的世界》。刚开始就是一大串的很快速的说唱，感觉很大气。”星梦渲摇头。

星露渲突然停下了。她似乎在仔细听什么。

“那首歌很好辨认的！你只要听到‘嘭’的一声，就知道《灯火》结束了，就可以放下一首《你的世界》了。一个看起来很老练的工作人员正在指导一个年轻的工作人员。

两人耸耸肩，继续讨论Lost Fun那一小缕染成红色的上翘的头发是俏皮还是做作。

一个小时很快就过去了。她们安静地待在后台听演唱会。

“你有没有觉得好像忘记了什么东西？”走到门厅的星于葶对墨尹这么说。

“我怎么知道？大概是没有吧。”星墨尹不耐烦地走进二号厅，“先去给她俩送一束代表鼓励的美丽的花朵吧！”她俩在学校里摘了一大束假面玫瑰，希望可以戏弄一下棂汐和子夜。

星雪落死瞪着正后方座位上的常析之，后者正热情地向她打招呼。

说好的这家伙不在呢？好吧，常般若你太机智了！还有这

家伙一来你就把位子换给他是什么意思？

星雪落倒也没心情换座位。反正不管她换到哪里，估计常析之都会跟过来的。

“星雪落，我喜欢你！”常析之笑吟吟地对着星雪落的一副臭脸，不像是在示爱，更像是在惹她生气，似乎在对她说“我倒要听听你要用什么理由拒绝我”。

“我不喜欢姐弟恋！”星雪落干脆地回答。尽管常析之也只比她小了半个月。半天也没见着常析之有何反应。仔细一看台上，原来幕布已经徐徐拉开，要开演了。

锵锵！鼓声一片！一个油彩涂满脸的小生上台来了。

“不过我真没想到你也喜欢看京剧啊！”常析之若有所思，“我们班只是因为无聊才来的。演唱会站着看很累，唱歌比赛没兴趣，京剧好歹有点内容可以看看。你看过京剧吗？”

“大概小时候和外婆看过一两次吧……”星雪落还没有从震惊中回过神来。打算先看一会儿再离开。绝对要离开！这种无聊的东西是人看的吗！

五分钟后……

雪落的眼睛一眨不眨地紧盯着舞台上。台上正在演出的剧目是什么，她并不是非常明了。但一开始，她就被他们的大花脸给迷住了，自己也尝试着变换了一下脸谱。这时，她还不过觉得好玩罢了。可没过多久，她开始被舞台上演员的唱腔和打斗动作迷上了。

“太精彩了！太精彩了！”星雪落不住地鼓掌，简直要热泪盈眶，“以前从电视里看的时候怎么就没感觉到精彩呢！”

星槿熙、星玄枫和星菀婷正在路上，因为堵车的缘故，她们都显得很焦躁。

“这堵到什么时候是个头啊？”星菀婷哀号，“要不我直接跑过去吧！”但她不是星菀轩，自己跑还是太不现实了。而菀轩早就看出堵车的趋势，居然就一个人直接瞬移过去了。

星墨尹和星于荨赶到后台，棂汐和子夜就快上场了。假面玫瑰并没有骗到棂汐。她及时让花远离了子夜。

“子夜心情不大好。她很紧张。”星棂汐说。

“于荨，歌词纸你帮我带来了吗？”星子夜急急忙忙地冲过来。

“啊！”星于荨惊叫一声，露出她招牌的猥琐笑容。

“你忘带了，是不是？”子夜警惕地问，“我跟你说过要帮我带来的啊！我一紧张就容易忘词！”

星于荨点点头。

“我该怎么办?!”星子夜焦急地来回踱步，“棂汐，你快点把最后几句合唱的词抄在我手上。”

“好！”星棂汐当机立断，拿着一支笔就往子夜手上写。

“加油加油，还有最后三句！”星子夜看起来很紧张。

“下面有请星棂汐和星子夜上场！”主持人在报幕了。

来不及了！星子夜心里咯噔一下，机械地走上了台。

怎么会这样？怎么会这样？脸上毫无血色的星子夜脚步发虚。聚光灯在她眼前直晃，周围全是一大片不断变换色彩的光芒，连棂汐的脸都看不真切。她本来就比较怯场，再加上她因为背不出歌词而带来的紧张感，让她简直想吐。

两个段落一晃就这么过去了，最让星子夜害怕的最后三句就这么来了。如果说她原本就记得一半，那么现在她已经全忘光了。她的嘴唇无助地嚅动着，最后干脆连口型都懒得做了。只知道愣愣地站着，一阵眩晕。

然后音乐停止，她跟着棂汐机械地走下舞台。舞台很高，下舞台的路只有又窄又细的五六级台阶。而星子夜却没有注意。她一跨就踩了两级台阶，踩到了星棂汐的脚。另一只脚也随即扭了一下，别别扭扭地往前一摔，和星棂汐一起砸到了二号厅的墙壁上。

二号厅的墙壁后面就是三号厅的后台。

“嘭”的一声，把新来的工作人员吓了一跳。怎么会呢？《灯火》才唱了一半呢！难道是自己的错觉？他紧张地开始播放《你的世界》。

一段很熟悉的说唱的节奏音把台上唱得正起劲的Lost Fun吓了一大跳。还没等他们回过神来，音响里已经响起了他们歌唱的声音，一人反应快，赶紧把话筒拿起来对着口型，但另一人并没有反应过来，他们不一致的状态以及音响播放的齐齐的演唱声让观众完全混乱了。

“假唱……”

“假唱……”

“滚下来……”

……

什么情况?!后台的星梦渲和星露渲也已经全然混乱。她们最爱的Lost Fun怎么了?难道登上舞台唱歌不是他们轻车熟路的工作?假唱，至于吗?难道他们平时的唱功并不是很好，发出的唱片全是后期修饰过的?但是，说实话，她们俩并不是被Lost fun的唱功吸引过来的，相比他们的唱功，星梦渲她们更欣赏相貌。于是星露渲就开始为他们辩护:“这傻不拉叽的伴奏，全怪那可恶的工作人员。”

“好可怜啊!”星梦渲往台上看，“他们俩好可怜，孤独凄凉地站在台上。是什么让两个帅哥如此难堪?真是可恶!”

“就是那可恶的工作人员!”星露渲双眼喷火。

“哼!太垃圾了!我们走吧，露渲!”

“为什么?”

“第一，这里很热;第二，我估计二号厅里棂汐和子夜的演唱要开始了;第三，我想上厕所。”星梦渲一本正经地掰着手指头数数。

“行，那我们走吧!”

星菀轩默默地站在三号厅后方，安静地看着台上两个焦躁的人。

这里可真无聊!星菀轩拼死拼活挤出了大门。不知道什么时候，这里人这么多了。她找不到星忆风、星梦渲、星露渲和星雪落，她们到底去哪里了?星菀婷她们一群人被堵得怎样了?怎么现在还不来?

“星菀婷！”她掏出手机打电话，旁边人声嘈杂，她只能尽量大声地喊话，“你们现在在哪里？”

“现在？”堵车堵得厉害的星菀婷看看旁边“泽蓑路”的路牌，心情非常不爽地回答，“泽蓑路！”

厕所？星菀轩这么想，星菀婷是去厕所了啊！但是她回头一看，三个厅门前各有一个厕所。“那么，哪边的厕所呢？”她问。

星菀婷不知道星菀轩在问什么，整个镇子就一条泽蓑路啊！哦！她大概问的是泽蓑东路还是泽蓑西路吧！于是她回答：“泽蓑东路。”

“知道了。”尽管旁边很吵，星菀轩听得并不很真切。但她绝对听到了一个“东”字。想必星菀婷此刻正在东边的厕所里吧！她挂了电话，向东边三号厅的厕所走去。

女厕所排了好长的一列队伍。她仔细找了找，却没有看到星菀婷。

怎么搞的？难道是星菀婷看女厕所队伍长就跑到男厕所去了吧！星菀轩的嘴角微微地翘了起来。按照星菀婷的性子，这样的事情她还真是有可能干得出来的。

她在门口又等了好一会儿，却连星菀婷的影子都没看见。会不会是在里面拉肚子？她想，会不会是没有纸了又不敢呼救？她想打个电话，但是手机却又像是跟她作对似的，已经没电了。她突然想到了一点令她感到不安的地方。

往常陪着星菀婷上厕所的同学们呢？

是的，自从在占卜课上邪恶的冷老师预言星菀婷会死在厕所边后，全体的星班同学对星菀婷上厕所的事表示了重大关注，每次都是前呼后拥，就怕星菀婷以她马马虎虎、大大咧咧的性格忽视了厕所边存在的危险。泠老师的预言讲得很明确，时间就在这个学期，只要挨过这个学期就好了，她感慨地想着。

其他同学都不在，难道预言星菀婷的事就发生在今天？菀轩的心里开始紧张起来。那我该怎么办？我有办法破除这个预言吗？她紧张地观察着四周，警惕周围有没有危险。

男厕所这边怎么有一个人鬼鬼祟祟的？他斜戴着帽子，鼻子尖上还涂着白色的颜料，转来转去地假装打电话。小样，不化装还怕别人不记得你？星菀轩心里嘀咕着，并且缓缓地靠近过去。她决定，一等到星菀婷出来就把她拉到旁边来，决不让那个男的靠近她。

可是，那个男的收起手机要往厕所里去了。怎么办怎么办？星菀轩焦急起来。菀婷就在这里面吧，要是刚好在门口碰到，要是那男的气愤她竟然占用男厕所，要是……

星菀轩觉得悲剧就要在自己面前上演了。

话说由于星子夜的忘词加紧张导致的面无表情、动作僵硬，她和棂汐的分数并不很高。星棂汐好像很看得开，星子夜却在角落里泣不成声。面对眼泪，星棂汐态度依旧，星墨尹转化为温柔模式，星于荨基本上是精神错乱，不知道该怎么办，因为平时被安慰的都是她。所以当角色转换后，她就不知所措了。

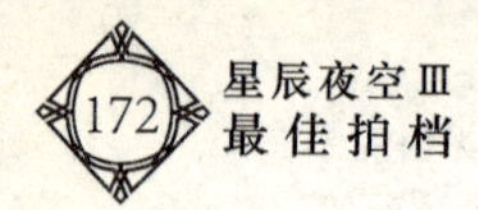

“喂！被莫名其妙拖累了的人是我好吧?”星棂汐半开玩笑似的说，“看，我啥都没干莫名其妙就被拖累了……”她本来还想再说下去，但是看到星子夜的眼泪再次决堤和星墨尹威严的一瞪后，把后半句话硬生生吞了下去。不得不说，情商上还是星墨尹比较高。

“所以说啊……”星子夜噘着嘴，眼圈红得吓人，像是在倔强地忍住眼泪，“你什么都没有做错，我却做错了……”她的眼泪哗哗地流，嘴又张不开了。星墨尹搂着她的肩膀狂拍，加上各种温柔安慰，不像一个凶猛的“女汉子”，而更像一个温柔的大姐姐。

“都怪我不好。要是我更努力地背歌词就好了……我不该那么紧张，我应该多练习几遍的……”她抽抽搭搭地说。

“要是做得全对，那我就一百分了。”星棂汐想到了槿熙的那句名言，想也不想就讲出来了，又挨了星墨尹一记瞪视。

“这事不怪你，怪……”星墨尹一边安慰星子夜，一边目光凌厉地寻找替罪的目标，她的眼光锁定在了星于荨身上，“怪星于荨！”没错，全是她的错！

“啊?”星于荨苦笑一声，用手指着自己的鼻子。

“都怪你没有拿歌词纸。所以洁癖女你就不要伤心了。”

“这和我又有什么关系！”星于荨委屈地皱起脸，“去比赛的又不是我！星子夜为什么不自己记得要拿歌词纸呢？她为什么不把歌词背出来呢?!”她的注意力看似集中在了前半句话的“都怪你”上，并对此耿耿于怀。

看着托星于荨的福哭得越来越厉害的星子夜，星墨尹深深地感叹：为什么她交了两个情商那么低的朋友呢？她一个人安慰星子夜实在有点吃力，别的同学都上哪儿去了？

她掏出手机，给星梦渲打了个电话。谢天谢地，她并没有关机。

“你们现在在哪里？”

当星菀轩正在焦急的时候，她看到梦渲和露渲从女厕所出来。“你们看到星菀婷了吗？”她急忙问道。

“没有。她还堵在路上呢。”星梦渲回答。说着，她的电话铃声又响起了。

“哦，墨尹。”她看着屏幕说了声，“她是不是来催我们去看棂汐她们的比赛？”

“棂汐她们的比赛结束了，子夜忘了歌词。墨尹正安慰她们呢，还没想起来要责怪我们没及时去看比赛。”接完电话，星梦渲有点庆幸地说着，“三号厅乱成一团。我跟她说了在一号厅碰面，这通票也不能让它浪费了。”说着，她扬了扬手里的通票。

星雪落好像全然不觉旁边多了几个人，有模有样地哼着京剧的旋律，不时鼓掌叫好。

“这东西可真无聊。”星梦渲下了结论。

“就是说嘛！但是至少我们可以坐着。刚才站得好累。我们只要一休息好就回去吧！”星露渲看法相同。

“唉。在我看来，这三个场就没有一个不无聊的。”星菀轩也难得发表了自己的看法。

“我们休息一下，待会儿就走！”

“没错，再过五分钟！”

五分钟后……

“其实这还是不错的。”星菀轩承认。

“太棒了！”星露渲笑容满面地评价，“太精彩了！”她开始鼓掌，声音大得夸张。

星梦渲干脆站了起来。“真好，真好！”她热泪盈眶，“下次咱们再来看！太精彩了！”

旁边起劲的星雪落瞬间显得没那么突兀了。

星墨尹把星子夜艰难地拉了起来，一边劝慰着，一边搀着她走向一号厅。

一进一号厅，四个神经兮兮却很熟悉的回头率极高的身影便吸引了她们的眼球。是感动得一塌糊涂的雪落、梦渲、露渲和菀轩。星菀轩还稍微正常点，星梦渲和星露渲已经发狂了。这一排只有她们四个，大概别的人都被吓跑了吧！后排常班看得很辛苦，因为前排有很多的干扰因素存在。

第二吸引眼球的是台上唱得声嘶力竭的几个演员。星墨尹的眼珠子都快掉出来了，这敢情是京剧啊！但她们却还是跟着同学们坐下了。没错，等子夜不哭了她们就走！

星子夜不哭了，但她们却看得不愿意走了！

星菀婷一手拉槿熙，一手拉玄枫，满脸无奈地站在剧院大厅。

终于堵到头了！事实上，在出租车距离目的地还有一条街的时候，她就拉着两人下了车，狂奔过去，超越了几十辆车！

但是星菀轩哪里去了？她大概是已经进入三号厅了吧！

“哪个是三号厅？”她问槿熙。

“很简单，找人最多的！”

三号厅门里门外站满了人，里面传来了一阵阵要求退票的声浪。

“那我们还是去别的地方吧！”星菀婷决定，“也许是赶不上棂汐和子夜的表演了。”

“事实上肯定赶不上了，二号厅已经关闭了，我们就去一号厅看看。”星玄枫侦察完毕而归。

“那我们就去一号厅吧！”星菀婷下达指令。

“太精彩了！”一号厅里的喝彩声不断增强。一整排的位子，星班的已经占了十一个！

剩下了一个哪儿去了？

星忆风郁闷地蹲在三号厅的角落里玩着手机，“贱鸟模式”的纪录飙升至二百一十七分。她们其他人哪里去了？

“好极了！”星棂汐欢呼一声，另十人也跟着鼓掌。台上浓妆艳抹的花旦袅袅婷婷鞠了一躬，慢步走下台。幕布缓缓拉上。

“真是精彩。”星棂汐意犹未尽，“对了，班长哪里去了？”

第十二章
星槿熙与无敌白纸

第一万朵夏天的云飘过魔法镇上空，瓶中的水交换而成魔法之景，吾必前来以扭转尔等命运以谢尔。

善良的读者哟！你掉进河里的是这本金《星辰夜空》呢还是这本银《星辰夜空》呢？还是这本被水泡得破破烂烂的《星辰夜空》呢？

很好，你选择了后者。作为奖励，我给你讲个故事吧！

星槿熙双手插口袋，哼着梦渲最近看的韩剧里的那首插曲轻快地走在通往校门的路上。星期天下午难得的放风时间，玄枫抓紧一切时间去打工，星槿熙正要去找即将下班的她。

玄枫在一家零食店打工。星槿熙远远地就看见了店门口那夸张的海报（惊喜小饼，看看谁吃到了芥末！）。星槿熙想，待会儿回去时买点零食也未尝不可。

“不是的，这并不是真的牙套，没有矫正牙齿的功能。只是套在后槽牙上舔着吃的糖果而已。”一进店门，星槿熙就看到了正在耐心为一个老太太讲解的玄枫。

“嘿！槿熙！哎哎，小朋友，那个不能拆开来！想吃的话叫你妈妈买吧！”星玄枫忙里偷闲地跟槿熙打招呼。

“你还挺像个幼儿园老师的。”星槿熙忍俊不禁。

“欢迎光临，您又来光顾了！上次您没买到的国际象棋香肠新进货了！哦，槿熙，别拿我开玩笑了！”星玄枫看上去真的忙得可以，“这位先生！建议您不要尝试那包奶油口味的，真的，味道很糟糕。”

“你要忙到什么时候啊！”星槿熙不耐烦。

“喏，吃吃这个，很消磨时间。”星玄枫递给槿熙两包东西，“小姐！您还没付钱！”她马上又跑开去完成店员的工作。

星槿熙坐在角落的一把椅子上，研究那两包东西。貌似是赠送试吃包装的两包巧克力豆。翻到背面一看才知道，原来是可以玩纸牌游戏的巧克力豆。巧克力豆一面印着点数，一面印着花色。因为是小包装，每包里只有半套纸牌数量。玄枫给她挑的两包正好凑齐一副牌。星槿熙对纸牌没有兴趣。她吃掉一包，把另一包塞进了口袋，然后在店里闲逛，想买点东西回去吃。

她站起身来，走了几步后发现星玄枫正向她跑来。

“欢迎光临，要点什么？”玄枫脸上挂着职业的微笑。当她看清楚是星槿熙的时候，微笑就放松了不少，“看！我都忙糊涂了。”她摸着自己的脑袋，去给店门口一个迷路的老外指路。

星槿熙在货架间逛来逛去，物色零食。她不觉得会有人喜欢那个仿真蟑螂，特别是在看到了蠕动着的包装袋之后。她对喝下去可以让脸变色的汽水也不感兴趣。思量到最后，她终于决定买下一堆套在后槽牙上，上课吃也不会被发现的糖果和一瓶可以在饼干上写字的墨水。她本来还想买一只可以摇摆脑袋和翅膀的糖猫头鹰，但是玄枫告诉她这个东西的味道其实很可怕，让人联想到她在食堂菜里曾经吃到过的一只虫子，让她直倒胃口。

“我先出去等你吧。”星槿熙实在等得无聊，便走到了街边，坐在路缘石上，含上一块后槽牙糖。味道很不错。

然后，她眼前一白。一摸才发现原来是一张白纸吹到了她脸上。白纸很新，没有半点折痕或污点。就像是刚从文印室里成堆的白纸中抽出的一张似的。星槿熙反正也是无聊，决定用这张纸折点什么有趣的东西。

她想到了刚才的那只糖猫头鹰，便把它折成了一只猫头鹰，拿在手里。

星玄枫出来了，她终于下班了。

“走吧！”她显得很高兴，“今天咱高兴！打辆车回去！”

星槿熙也很高兴，毕竟走回学校还是蛮远的。她站在路口，等着打车。

“怎么不走了？”玄枫拉拉她。

“打车啊。”

“那边不就有嘛！”

星槿熙朝玄枫所指的方向看过去，什么都没有啊！

星玄枫拉着她，走到一辆三轮车前。

“快上车吧！”星玄枫笑眯眯地说着。

星槿熙懂了。她把玄枫理解得太阔气了。不是没办法的时候，星玄枫怎么可能去坐出租车呢？

三轮车脚程有点慢。星槿熙掏出手机，发现她收到一条星忆风催她交作业的短信。玄枫也凑过来看。

“星忆风啊星忆风……”星槿熙摇头。

“她在学习方面特别烦。”星玄枫半开玩笑半认真地说道。

“嗯。”星槿熙点点头，装作在教训星忆风的模样大声斥责那只猫头鹰，“星忆风，你怎么连朋友们的作业都要催呢？你应该帮我们做完！”说完，她和玄枫在后座笑成一团。

等她们笑完一看，猫头鹰却已经不见了。

“也许是被风吹走了。”星槿熙耸耸肩，“不必在意。”

星忆风的脸色很难看，不知道是为什么。星槿熙并没有在意。星玄枫倒是特意去问了问。

“据说啊！星忆风刚才在办公室里的时候，一只白色的鸟突然飞进去，对她喊：‘星忆风，你怎么连朋友们的作业都要催呢？你应该帮我们做完！’然后就感觉很难堪了。”雪落说，“干锅鱼好像没怎么在意，就把它当成恶作剧了。但是星忆风一直有点怕怕的。你们也知道，她因为害怕鸭子，连带着对鸟类都没什么好感。”

咦？这不是她在路上说的话吗？她惊讶地脱口而出：“这

句话是我对着我折的纸猫头鹰说过的啊!"

"啾!"随着一声欢快的叫声，星槿熙折的那只纸猫头鹰停在了她的肩膀上。

"就是这个东西……"星忆风愤愤然，躲在雪落背后大声指控。

星槿熙一把抓住猫头鹰，把它重新还原成了一张白纸。还真是原来那张白纸，猫头鹰好像根本没有存在过。白纸上连折痕都没有！星槿熙也没有多注意这个。这大概只是从哪里的笑话店吹来的恶作剧工具吧！她把白纸折叠了一下，成了一个小方块，扔到了桌子上。

"如果它可以传达你所说的话，那么它必然有一些特殊之处。"星墨尹走过来，"这张白纸……咦？不是白纸啊!"她拿起纸片，纸片已经写满了字画满了图画。她把白纸展开仔细查看。

"嚯！一张活点地图!"她惊喜地叫起来。

"什么?"大家都凑了过来。

"一张小型的活点地图吧。"星墨尹端详着它，"看，这是我们的房间。"

"但是上面并没有移动的黑点和名字啊!"星于荨发现一个问题。

"笨！那是因为我们都聚在一起，名字当然看不清楚!"

"不过它貌似只显示了我们这一幢宿舍楼啊!"星棂汐仔细观察，"一张白纸上有七个一样的形状，应该是六个楼层和一层大厅。"她看着底层一群"天"字打头的名字正在移动。

“好像还有电梯！”星棂汐补充。反面是一张电梯图，电梯停在哪个楼层一清二楚。

“我捡到了一张宝贝白纸。”星槿熙得出结论，“它说不定还可以干别的事情。”她拿来一支笔在上面写字。但是白纸并没有像她想象的那样回复她。她翻到反面，也没有什么特别的东西存在。正面的字也没有变化。槿熙把白纸一折二，打算放回口袋。她一时兴起，再次将折过的白纸打开。白纸上的折痕消失了，上面写的字也消失了。

“好神奇啊！”玄枫赞叹着。

星槿熙正在把白纸折成一架纸飞机，不知道把白纸折成纸飞机后又会有什么功能？

难道真的可以载人飞翔？

星槿熙刚一折完，纸飞机就悬浮在了空中，传出一个合成的女声：“导航开始，请说出您的目的地。”

“食堂吧。”星槿熙随便说了一个。

纸飞机开始向楼下飞去。槿熙跟在后面。纸飞机居然真的把她带进了食堂！现在她知道了，这个纸飞机是有导航功能的。

那个她折的猫头鹰大概是可以送口信的？也许这张白纸还有更多隐藏功能吧。

她想了想，还是决定明天继续研究这张白纸的功能，毕竟她还有课文没背出来，还有一项作业没完成。

星槿熙正在试图完成占卜课的作业。她拿了一叠纸牌，按照占卜课上所教的方法洗好牌，根据课本上的知识胡诌一通，

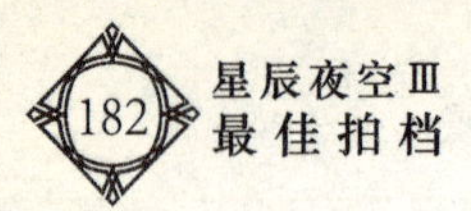

在纸上合适的地方拼凑上一些文字，排列顺序。排着排着，她才发现自己在无意识地玩单人纸牌游戏。她放弃了这个作业，反正不是明天交，没关系。然后她在晚上睡觉前成功背出了足以应付干锅鱼的一段课文。

第二天中午，星槿熙回到了宿舍，打算开始研究那张白纸。但是她却发现怎么也找不到那张白纸了。一抬头，她却发现一架纸飞机正悬浮在空中。

她把纸飞机拆开，折成了活点地图，想查看一下朋友们都在哪里。可是白纸不但没有任何的图示，还在转眼间自己折成了纸飞机，悬浮在空中。怎么搞的，是谁特地用这个来捉弄人的吗？星槿熙不信邪。她又把白纸拆开来折成了猫头鹰："谁让你来的你回去对他说：'哪个二货来坑我，来坑我的是二货。'"

但是她的手刚一放开，白纸就又自己折成了纸飞机。"导航开始！"纸飞机摇摇晃晃掉个头就要走。星槿熙跟着纸飞机出了门。纸飞机像是有灵性，可以绕开一切障碍物。甚至在电梯前，它还用尖尖的头按下了电梯按钮。槿熙就一直跟在后面。看着纸飞机下了楼，往校门口飞去。

纸飞机径直往校门外飞去。星槿熙心里一急，一把抓住纸飞机。现在又不是星期天下午，她不可以随便出校门。纸飞机在她的手里扭动挣扎，似乎拼了命想要冲出去。槿熙费力地把纸飞机拆成了一张白纸，艰难地捏着时刻准备变身纸飞机的白纸回到自己的房间，拿了一本厚厚的《中华上下五千年》夹住它。星槿熙松了一口气。

这个星期她都没敢把白纸拿出来使用。因为一拿出来，白纸就会变身纸飞机，好不容易折成另一个形状，它还是会自动拆开折成纸飞机。至于为什么，目前还不得而知。也不知道那张白纸是发了什么莫名其妙的疯。星槿熙觉得还是等到星期天下午校门打开时跟着出去比较保险。星玄枫则觉得这可能根本就是一个恶作剧。

星期天下午，星槿熙小心翼翼地拿出那本《中华上下五千年》，为了保险起见，她还在上面绑了一根皮带，并装在一个盒子里。她谨慎地把白纸抽了出来。白纸立刻弹跳起来，变成了纸飞机，其间还狠狠抽打了一下槿熙的手指，似乎在怨恨她把它关起来。纸飞机立刻带着槿熙出了校门，往旧城区飞去。但是旧城区似乎并不是它的目的地，纸飞机继续往前飞，飞到了城郊。

星槿熙走了好久，腿很酸，渐渐地跟不上纸飞机的速度。她干脆找了一根线拴住纸飞机，在公共自行车租车点租了一辆车，把纸飞机拴在车把上继续前进。

纸飞机飞呀飞，飞过一片山坡。星槿熙停下自行车，步行绕到山坡后。山坡后空荡荡的，只有一棵树。树上开了很多四个花瓣的白色花朵。

这又是什么情况？

纸飞机自动解体，又折成了一张嘴的形状。嘴巴一张一合，像是魔怔了似的，断断续续地吐出一首难懂的、不知所云的诗歌来："第一万朵夏天的云飘过魔法镇上空，瓶中的水交换而成魔法之景，吾必前来以扭转尔等命运以谢尔。"

“什么意思？别给我掉书袋，说人话。”槿熙听得焦躁起来。

“你好，我是一棵随树。正在修炼的随树。我已经修炼了将近三百年，就快成精了。”嘴巴停了下来，似乎在等星槿熙说些什么。但是星槿熙什么也没有说，安静地听讲。

“所以说我需要一点点魔力就够了。你可以帮助我吗？”树上的两朵白花迅速地张开，展成了两张白纸。两张白纸自动折成了两只手，热情友好地向槿熙伸开。

“我为什么要帮你？对我有什么好处？”星槿熙谨慎地退后两步，扶住自行车的车把，时刻准备逃跑。

随树又重复起了那首难懂的、不知所云的诗歌来：“第一万朵夏天的云飘过魔法镇上空，瓶中的水交换而成魔法之景，吾必前来以扭转尔等命运以谢尔。”

“那你需要多少？”星槿熙听到“扭转命运”，觉得如果它所求不多的话，应该还是蛮合算的。

“你魔力的百分之五就够了。别担心，大概三天就可以恢复过来了。”

“要的还真不多。”星槿熙扬起了眉毛说，“可是你说得太远了，到时候究竟是怎么样的情况也不清楚呢，可以加点更直接的好处吗？”星槿熙觉得自己可以讨价还价。

“如果你帮助了我，我可以帮你解决一件烦心事！”随树说道，“你可以好好地想一想。”

那该死的占卜课作业还没有完成，这算是我的烦心事吗？貌似真的挺烦人，可是只要我静下心来，完成作业还是没什么问题的，这样的小事如果作为要求那也太亏了吧？那么帮助我背课文？算了吧，我怎么会想到这里去。让常析之不要再追雪落了？这也不太靠谱啊，虽说雪落喊着不要不要的，焉知不是口是心非呢？万一是我的好心却会错了意，那不是平白地当恶人嘛。星槿熙在那里想啊想。总觉得自己的幸福人生不需要别人的小红花来点缀。

“真的没有吗？比如星菀……”

“对了，要像星菀轩一样成为学霸，即使是一次也好。”星槿熙决定了，“那好吧。你要帮我轻松度过期末考试。”

“好吧！”随树的声音里透着怪异，“既然你这么选择，那我也只能如此了……”说着，它把一只纸手凑过来，用食指拨拨星槿熙的眉心。她突然觉得眉心处像是有一扇小小的门被打开了，一颗流光溢彩的光珠滑进了纸手的手心。手把光珠放进树的根部。整棵树突然颤抖了一下，随后，一层半透明的膜片就完完全全地包裹住了树，就像一层茧子，“把我的树枝拿去，要想办法留在身边，经常触摸……”

星槿熙看到刚才矗立着随树的地上只留下了一截树枝，上面还连着一片树叶。她耸耸肩，把这一小截拇指粗细的树枝捡了起来。

星槿熙醒了，她揉揉自己的太阳穴，敲敲自己酸疼的背。她不是在玄枫打工的店里吗？怎么会莫名其妙地坐在椅子上睡着了？

两包纸牌巧克力豆还攥在她的手里。她站起来活动活动，走出店门。

眼前一白，一张白纸拍到了星槿熙脸上。这不就是梦里发生的事情吗？星槿熙感到有点恐惧。

“陪我去烤鸭店！”玄枫一出店门就被星槿熙拉走了。此刻星槿熙的疑惑大概只有两个人可以解答了。

化身为老年人的秦泺端着一盘烤鸭放到星槿熙的桌子上，随后自己也坐了下来：“说吧，什么事？”她眨眨眼。

“我们并没有点菜。”星玄枫皱起眉头。

“请你们吃还不好吗？”

“好，很好。”星玄枫脸色马上转为晴朗。等她吃完两块烤鸭之后，星槿熙也把她做的梦讲完了。玄枫安静下来，打算听听秦泺的解释。

秦泺笑笑，说：“确实有这么一棵正在修炼的树，但它既在世上，又不在世上。说它在世上，因为有人说在结界里见过。说它不在世上，是因为它从来没有出现在大庭广众之下。你在梦里见着了，说不定只是你的梦境，但也说不定你在梦中触摸到了另一个世界。但不管怎样，随树可以预言。而且应该还有其他的本领，但目前还没有定论。所以你完全可以照着你的梦去做，也可以选择不这么做。这是你的自由。”

听着秦泺的解释，刚才还云淡风轻的星玄枫瞪大了眼睛，青铜色的瞳孔仿佛变成了火红色：“你竟然把这么重要的机会用在期末考试，而不是星……菀……婷……”

“再陪我去趟城郊！我明明记得那个地方的。”星槿熙捏了一下口袋里的那一小截树枝，又去租来一辆双人自行车，“上车！”

没等玄枫弄明白，星槿熙就载着她一溜烟儿地跑了。

但是，尽管她们反复地把白纸折成飞机，结果还是没有导航音的出现。回来的路上，星槿熙一直在不停地絮絮叨叨：“我真傻，我怎么会把随树的提示理解错了，怎么会没想到星菀婷还处在危险中呢？我怎么能只想着考试成绩要好点呢？”

“我真傻，真的，我真傻，我只要对随树说救了菀婷就可以了……”

“这就是涯倾他们说的要在某个时刻做出正确的选择吧！我真傻，我怎么做出这么一个选择呢……”在各种自怨自艾中，星槿熙突然想到，“对了，随树的树枝能不能听到我修改祈求呢？”于是，她对着手中的树枝开始唠叨起来。到了后来，她觉得对着一截树枝祈求难免会被别人误会，于是把这截树枝去掉树皮，切成一个软木塞的形状伪装成一个挂件挂在笔袋上，不时地对它说上几句要修改意愿的话。至于树枝上的叶子，则被她随便丢给了星于荨当作书签。

原本有些冒火的星玄枫也实在受不了槿熙发疯般的自我发泄，就安慰着她：“别那么介意了，说不定这就是一个梦而已。”她黯然地想：如果不是，那也只能说是菀婷的命运吧！

第十三章 星于荨与激动人心打工记

“没错！”于荨一脸憧憬和向往，“现在一想，好像打工是个很棒很棒的主意呢！一方面，可以让我逃脱邪恶的班长的魔爪，另一方面，还可以赚点小钱花花！”

学生会会议现场。

星于荨微笑着趴在光滑的桌面上，望着天花板。星棂汐看着她目光游移着，并没有什么焦距，就悄悄地和墨尹交谈着，觉得她是在想着什么好事，露出这么一副傻笑的表情。

“严肃点！”星忆风从长桌的一头喊道，“大家都打起精神来啊！严肃点！”虽说是在告诫所有的人，其实是专门吼于荨的。

星于荨还是微笑着趴在光滑的桌面上，望着天花板。星忆风没办法，示意棂汐和墨尹把她弄正常。

星棂汐小心翼翼地拨开于荨的头发，对着她的耳朵狠狠地吹了一口气。星于荨打了一个寒战，重新坐正。

星忆风警示地盯了于荨一眼，继续讲话：“你们对于挑衅学生会检查人员的现象有什么好的建议吗?”

“我认为，应该设诱饵打埋伏，抓住几个惯犯然后杀鸡儆猴!”说话的是生活部副部长。

“很不错的方法!”星忆风对他竖起了大拇指，“那么，你就和——”她的目光在整张桌子上扫射，终于定格，“星于荨同学一起去设诱饵打埋伏吧!”她在心中暗笑，星于荨，这本是作为你开会不专心的惩罚，但你看看，你的搭档还是蛮好看的啊！毕竟生活部副部长可是出自盛产帅哥的凌班啊！虽然这帅的程度还远远比不上宇渝鱼——她偷偷往旁边正襟危坐的宇渝鱼身上瞟了几眼。呵！他认真起来看着更帅了呢！为了掩饰，她故意把目光变得很凛冽。宇渝鱼被瞪得很不明所以，疑惑地抬起头来。星忆风像是被电到了一样，猛地闭上眼，掏出一张纸巾往额头上擦去那不存在的汗珠，装作只是侧身整理仪容。然后她自然地把头扭了回去。

“为什么是我啊!”星于荨大声抗议，充满敌意地望着自己的搭档。星忆风注意到她眼睛亮了一下。

星忆风感到很欣慰，于荨应该是注意到她的搭档的颜值了。但是她还是有点怀疑。像小瓶子（星于荨的外号）这种不解风情的人真的知道自己真正的良苦用心吗?

“因为你看上去好欺负。”星忆风解释，“其实你要做的很简单，只要挂着学生会工作证一本正经地在某个地方蹲点检查胸卡什么的，一旦遇到有人挑衅你，埋伏在旁边的另一个马上就和你一起行动，把人扭送到我这里就可以啦！”她看看表，“还有二十分钟午休。大家散会吧！杀鸡儆猴二人组可以开始了。”

星于荨挂上工作证，飞快地跑到她的搭档面前，激动地大喊：“我认得你！你就是我的幼儿园同学凌道寞吧！哎呀！那时候的你哟！丑得跟什么似的！脸又大又圆，还长雀斑，腿又短，总是被女生欺负。被欺负后就哭着打小报告。你还老尿床！午睡咱俩还是上下铺呢！……”她掰着手指头一样一样地数。凌道寞听着自己的黑历史，听得嘴角一抽一抽的，因为这些大部分……都是真的。

还没有散尽的同学已经笑了好久了，最淡定的常般若也咧开了嘴。不过星墨尹发现他之所以笑是因为他偷拍了好几张照片。星墨尹迅速打开QQ，果然在学生会群里和年级联盟群里都发现了常般若发的照片。照片上的于荨一改平日笨嘴拙舌的样子，讲得眉飞色舞，不自觉地和凌道寞靠近了很多。而凌道寞双手撑着后面的桌子，一副贞节烈妇受到调戏时的可怜表情。很快，她又在班级群里看到了雪落写的八卦报道《会议室里的浪漫——星于荨当众调戏凌道寞！星班凌班关系再度升级！》，配图正是常般若拍的照片。他俩在一起绝对可以开报社，这图文配合的效率绝了的！星墨尹莫名其妙地希望自己也会写报道，大概是想重新夺回八卦大帝的宝座吧。

“主席！”凌道寞叫住了掐准时间要和宇渝鱼一起出门的星忆风，“不好意思，今天是星期天，没有午休！”

宇渝鱼走出了门外，星忆风却被耽搁在门内了。她感觉很不爽，于是没好气地说，“没有午休就没有午休，你们还是照样行动！”

“但是……我安排去打工了啊！”

“那就明天吧。”星忆风没办法，只好同意。

“那我呢？”星于荨一脸犹疑地望着忆风，她应该也免了吧？

“你继续！”被破坏了计划的星忆风正在气头上。

“不！我也要打工！”星于荨急了，说完就往外跑。看看棂汐和墨尹没跟上来，便回头拉着两人继续跑。

“你是想让我们帮你找份工作免掉星期天的学生会差事是吗？”星棂汐认为自己的猜测很合理。

“没错！”于荨一脸的憧憬和向往，“现在一想，好像打工是个很棒很棒的主意呢！一方面，可以让我逃脱邪恶的班长的魔爪，另一方面，还可以赚点小钱花花！”

“好好好！我们一起上街替你找工作！”星棂汐笑笑，“出发吧！”

三人在大街上一边晃悠一边寻觅，时不时停下来看看新鲜玩意，直到后来于荨着急了，她们才把找工作当成了正事。她们猜测一般缺人手的店都会在门口贴出招聘的告示。不知不觉，她们绕到了旧城区中心广场附近的巷子里。

“记住！一般招聘海报的颜色会很鲜明，‘招聘’两个字写得大大的……”星于荨装作老成的样子，正在传授经验。

“就像这种？”星棂汐指着一张白纸黑字的大海报。

星于荨凑过去仔细看。“没错！”她高兴地一拍大腿，“还是棂汐的眼神好使。”

海报的最上面居中写着“天使俱乐部”，下面是具体介绍。

职责：发好人卡

学历：初中及以上

人数：若干

工作时间：不限

星墨尹一行一行往下读，然后拍拍于荨的肩膀：“嘿！这倒是蛮适合你的！”

“对啊！”于荨激动地走进了旁边的店面，“简单不用动脑的活儿，最适合我了！”

走进小小的门面，意外的是里面有很大的空间，一个戴着光圈和翅膀的人正站在柜台后面，柜台前面正站着一个与她们年龄相仿的女生。

“您是来应聘的吗？”光圈天使热情地询问于荨，“那么，请填写你的基本信息！”

星于荨刚填完，天使就迫不及待地拿过去扫了一眼，一边看一边摇头叹息：“你们两个的工作时间居然都是星期天下午！同一个时间段我们只需要一个人就可以了！”

心情很糟糕的星于荨走出巷子，回到了市中心。她虽然知道自己是没有理由抱怨，却还是忍不住在心里哀怨。要是棂汐没有在中心广场被那个套圈的魔术迷住，她们早就到那边了，怎么会害得她落在那个女孩的后面，从而失去了这次工作的机会呢？而且，仅仅是魔术罢了，她们可都是有魔法的人！魔术充其量也只是平凡人的障眼法罢了，怎么比得上她们的魔法呢？

还有墨尹，竟然被小店里面的各色帽子迷花了眼。你都有了你的标志物小礼帽了，这些帽子并不适合你好不好。

但她瞬间又收起了哀怨的心思。开玩笑，墨尹的特长可是读心术。万一墨尹发现了她在埋怨她们，不陪她找工作了怎么办？剩下她一个人，可真是有点应付不过来。

周围有很多人，星于荨艰难地往前走。

突然感觉到裤子口袋里一凉，星于荨习惯性地摸了一下。咦，她的钱包哪儿去了？

难道是刚才不小心掉在地上了，她扫视身后的地面，并没有什么钱包。

难道是在找工作时，掏了身份证却没有把钱包收起来。明明记得收在口袋里的，于荨微微有些疑惑。她突然想起了另一种可能。“小偷！”她差点要惊呼起来，但她还是理智地按住了自己的嘴巴。哼！绝对不能惊动他。

她向墨尹示意，一边左顾右盼，一边让墨尹读取着她的思想。

这个男的，鬼鬼祟祟地东张西望，不会就是刚才偷了钱包的小偷吧？星于荨紧盯着他，直到看见他在人丛中找到了一个漂亮的小姑娘，张开双臂，把小姑娘亲热地抱起，并亲吻着脸颊。

那个大肚婆呢？不会是她吧，正怀孕着呢，还有闲心来偷人家钱包？不，不，不能被表象迷惑。星于荨记起开展安全宣传的时候，老师说过，有些人就是装成孕妇来偷东西，目的就是让人丧失戒心。而有的人，还就是乘自己怀孕的时候干坏事，即使被抓了也不用入监牢。那么这个孕妇有没有嫌疑呢？……

星墨尹一开始还带着点好奇读取着于荨的想法，后来就开始不耐烦了。她想着，就是要找出小偷罢了，需要这么麻烦吗？她开始把注意力放到周围的人群中，一会儿对着这个目标，一会儿对着那个目标。在人潮汹涌中，她发现自己的这个方法也不行，除了纷至沓来的各种想法搞得她头痛之外，貌似没有其他的效果。

星棂汐看着她俩，觉得她们有点鬼鬼祟祟的。于是逮着两人问，一听到竟然是要抓小偷，她马上就兴奋起来。可是问题是，小偷在哪呢？

她眼珠一转，朝着两人低低地说着："小偷有机会的话，肯定还会作案的，对不？"

星于荨瞄了她一眼："可是，我们现在并不知道谁是小偷，也不知道他什么时候再作案。"

"那我们就给小偷创造机会啊！"星棂汐笑着说，"只要这里出现了异常的状况，普通人肯定会关注发生了什么，而小偷呢，则会在大家注意力放在别处时，乘机偷东西。"

星棂汐猛地飞上了天，她手里是刚才在店里顺手拿的好人卡，吆喝着："好人卡，谁能拿到这张好人卡，集齐七张好人卡就可以换奖品啦！”

趁着大家都抬头看着天空的时候，星于荨和墨尹紧急地开始搜寻。

星于荨一转头，一个天杀的小偷正拿着一个老人的钱包装作没事人的样子把钱包塞进口袋。星墨尹一转身，旁边一个人的想法落入了她的脑海里：“哈！这群傻子。这样正好，有更多的钱包可以偷了。”

星墨尹向于荨示意，于荨看看他们，收起了抓小偷的打算，隐了身，默默地走过去，在他们的衣领上用口袋里的笔画了一个叉，又把他们身上的钱包都拿走了，其中果然有自己的钱包。被反打劫的小偷似乎还毫不知情，悠闲地哼着小曲儿，大概是在愉快地想今天的收获有多么丰富吧！

星于荨可没有劫财的打算。她只是把别的钱包都一股脑儿扔进了旁边的警卫室，并留下了一张字条：“广场上有两个小偷，衣领上画着叉。”剩下的事情，还是让警察来完成吧！

她现在又要开始物色工作机会了。她觉得招聘的海报可能会被贴在人流密集的地方。不久，她真的看到了一张海报，于是她跟着路标指引，拐进了旁边一条人不多的巷子。

她拉着棂汐和墨尹按着传单上的地址找到了一家药店。药店的大招牌下有一个并不令人注目的小窗口，上面写着“便民服务窗口”，还在下面含含蓄蓄地贴着一行小字“兼营发贴海报工作”。

“我是来应聘贴海报的工作的。”她心中暗想，贴海报？不就是贴小广告的另一种说法吗？

窗口后的女人把一包又厚又大的牛皮纸包起来的东西放在柜台上："贴完这一沓五十元！"

"好！"星于葶高高兴兴地抱走了这一沓东西。五十元？哎呀真是赚到了！难不成因为这个尺寸比较大，工钱就比较多？

她坐在一个花坛边上，和棂汐墨尹合力拆开这个纸包。这沓东西还真是讲究，纸包里边还有牛皮筋呢！不就是一沓小广告嘛，至于吗？

令星于葶高兴的是，这沓小广告每一张都比普通传单要厚。这是一沓马戏团的海报，可惜演出时间不是星期天下午，她不能去看。海报上印着一只大鲨鱼，张着大嘴，印鲨鱼的地方也是特意加厚了，具有立体效果。于葶觉得很开心，这样就代表总量会比较少。鲨鱼的嘴里还写了字。

星于葶把牛皮筋拆开，正要高高兴兴地去贴，却感到手指一疼——第一张海报上的鲨鱼不知什么时候变得立体了！用牙齿狠狠地咬于葶的手。虽然是纸板做的牙齿，但还是挺疼的！第二张海报上的鲨鱼也开始变立体，直接咬掉了第一张海报背面的黏胶纸。

"你们快帮我拿着啊！"星于葶惊恐地躲避着鲨鱼的攻击——现在她知道为什么这么一小沓居然要给五十元了！

棂汐和墨尹立刻一人抽出一张海报，找到附近的墙面贴上去了。

"哎哎哎！第三张海报又在咬我了！快点把它贴掉！"星于葶再次惊恐地大叫。

两人只好像救火一样，轮流拿海报然后飞快地贴掉。她们这次贴广告的速度恐怕要破世界纪录了。因为只要海报没贴完，于荨就会被咬，然后惊恐地叫她们拿走海报。等到这一大沓海报全部贴完的时候，于荨的手已经被咬红了，留下好多三角形的牙印。她赶紧在旁边的喷泉里浸了浸手，这才褪去一部分红色，手也没那么肿了。唉！差点都拿不住那五十块钱了。

她再也不会来这里打工了，必须另寻工作啊！

“这一个下午的时间过了大半了。”星墨尹看看表，“你还想继续找工作吗？要不咱回去网上找找。现在我是想在哪家咖啡厅坐坐吃点东西的。如果你还要继续，我可不奉陪。”刚才的一阵手忙脚乱让墨尹就想着休息了。

星于荨看看棂汐。

“不奉陪！”星棂汐也坚决地说。

“那就买点东西吃，回去再想想吧！”她终于认输了。兴许报纸上会有一些比较好的工作吧！

“我说你也真是的。”星棂汐抱起双臂，“你看得上的工作人家不要你，人家要你的工作你还看不上。”

“去肯德基之类的地方也不是不可以啊！哦！对了，这种小地方是不符合您贵小姐身份的！”星墨尹有意地讽刺她。

“还真是不可以啊，肯德基没有这样一周打一次的临时工吧！”星于荨不理墨尹的嘲讽，把她的五十元工资用红肿的手颤抖地放进钱包，“好吧，好吧，走就走。”

“你今天赚了钱。”星棂汐提醒，“其实你所做的只有拿着一沓纸挨咬而已。帮助贴的都是我和大闸蟹（星墨尹的外号）哦！”

“没错。”星墨尹表示赞同。

“得得得！想去哪里吃？我请客！”星于荨豪迈地一挥手，结果砸到了后面的电线杆，痛得她嗷嗷乱叫。她甩了甩手，脸色瞬间阴沉下来：“不对，我被鲨鱼咬，我被鲨鱼咬……”

“又乱发什么神经啦！”星墨尹笑着拍了拍于荨的肩膀，“请客而已，我们争取不超过你挣的五十元好了。”

但这时星棂汐也惊叫起来：“槿熙，会做一个懊悔不已的梦。于荨，会被鲨鱼咬。泠老师的这些预言都已经实现了呢！现在只剩下……”

“菀婷，如果不收敛性子，这学期会死在厕所边。”墨尹和于荨异口同声地惊呼。三人面面相觑，脸色灰暗。于荨更是着急，满脑袋的自怨自艾：该死的，找什么工作，我怎么会想出来要找工作。我又不缺钱，我休息该多好，我做学生会的工作该多好……

墨尹和棂汐又举了一大段预言发生的事情中间没有必然联系的例子，总算让于荨的心情平复了一些。她们决定，回去要好好跟着菀婷上厕所，以免菀婷遭受意外。

回到学校的她们顺路去教室拿点东西，却发现星菀轩安静地坐在教室里，桌上摊着一本两个手指厚的《魔法镇历年选修课期末考试卷精选》，星菀婷也安静地坐在自己的座位上，桌上摊着一本比菀轩的试卷还要厚上许多的《古现代短篇言情小说大合集》。

“星菀轩你没毛病吧？离期末考试还有整整一个月呢！”不

求上进的星棂汐对星菀轩表示严重的不理解。

“只有一个月了啊！你还不懂吗？”星菀轩继续疯狂做题，“我不敢相信！我这个学期月考居然考了两次第二名！哦！天哪！”

“而且每次的第一名都是隔壁班的那个常安七。”星菀婷补充道。她自己心里其实很舒畅，菀轩考了第二名，和她的距离可就缩小了，就感觉压力没那么大了。连我们班万能的星菀轩都考了第二名，足以证明这次的试卷很难，所以我考到第六十名也并不是什么不光彩的事，即使全年级也只有七十二个人！

啊！她感谢常安七！

于荨她们看着菀婷挺高兴的样子，没有把刚才发生的事件告诉菀婷，以免加重她的心理负担。

“我们有几门科目新课都没上完呢！”星棂汐提醒。

“借口。”星菀轩的脸埋在试卷堆里，看不见表情，“并不能作为考不好的理由。”

对星菀轩的执着，大家深感无力。星菀婷显然已经放弃抵抗，只求星菀轩不把她拉下水。

“对了！”星菀轩从课桌里抱出一大沓厚厚的卷子，“菀婷，你的语文、物理、占卜都要好好补补！”见星菀婷并没有很惊喜，她又补充道，“这就是你总是考不好的原因，做完这些你就可以考得更好了！你难道不想考得更好吗？”

“不要啊！”星菀婷哀号一声，“棂汐、于荨、墨尹救我！”而那三人还没等菀轩从课桌里拿出试卷，就已经跑开了。

星于荨继续在报纸上找工作。但是好像没有一件是适合想要打工的高中生干的。她打算问问凌道寞到底打的是什么工。于是第二天中午，杀鸡儆猴二人组星于荨和凌道寞在楼梯口会合了。

“你到底打什么工啊?”星于荨打探情报。

“我？不过是帮学校大妈扫厕所啊。虽然环境不怎么样，但我的主要目的是逃掉设诱饵打埋伏的工作而不是挣零花钱。”

脑袋里“叮”地一响，星于荨突然找到了一个思考的新角度。为什么要在乎赚钱多少呢？她的主要目的明明是逃掉星期天的工作呀!

想到这里，她突然有了一种“山重水复疑无路，柳暗花明又一村”的惊喜感，就像是《桃花源记》里那句“复行数十步，豁然开朗”一样的心情，仿佛看到了“土地平旷，屋舍俨然，有良田美池桑竹之属”的美好未来啊!

“我要去打工，你一个人既当诱饵又打埋伏吧!”星于荨立刻抛下已经毫无利用价值的凌道寞，自己乐呵呵地逃走了，丝毫不顾及幼儿园同学之情。

食堂大妈很高兴地看到终于有学生愿意帮助她了。前几天那个扫厕所的大妈意外收获了一名助手，她正嫉妒呢！看来自己的魅力还是很大的！虽说是义务劳动，但她却总忍不住对她的小助手好一点。像盛菜的时候多盛一点啊，节日的时候给点优惠啊，等等。助手同学也乐得如此。

“为什么你的鸡腿比较大，我的比较小！”难得下血本买鸡腿吃，星玄枫感觉很不爽。

“我觉得并没有大多少。”星于荨啃了一口鸡腿。

“没有大多少也是大了，我的鸡腿只是一小块肉加一根骨头，你的鸡腿连骨头上都有肉！”星玄枫表示强烈不满，“并且垫在鸡腿下面的生菜叶子我只有一片，你有好多！”

“玄枫啊！你对于白白地给食堂做义工，食堂却不给钱怎么看？”

“这是不好的！根据《劳动法》里某些杂七杂八的规定，我认为食堂应该给钱，不然就是非法用工！”

“所以啊！”星于荨一摊手，“工钱只能以鸡腿大的形式表现，很公平。甚至我还有点吃亏呢！你呢，是一分钱一分货买来的。你总是坚持和食堂大妈讨价还价，我相信食堂的工作人员是不会喜欢你的。这个道理很简单。”

星玄枫在思考，在思考哪种方案比较合算。

“然而你和凌逍寞不能以此为借口逃掉，知道吗？”忆风恶狠狠地瞪过来，“打不打工自己安排，我才不管呢！该什么时候工作你们还得照样工作！”

“我已经把这个任务交给了一个更加可靠的人选。”星于荨并没有放下手中的鸡腿，指了指远处挂着学生会工作证的常析之，“我对他说如果他对学校做出很大贡献的话，星雪落对他的态度说不定会有所好转。”

常析之站在食堂外面，只要是经过这条走廊的人，常析之都会拦着从头检查到脚，胸卡、零食、仪容仪表……一样都不

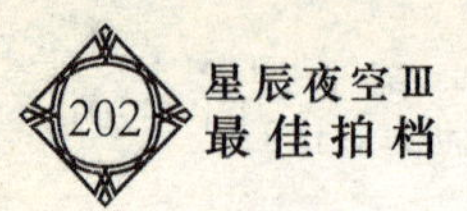

漏。走廊上已经堵了一大堆的人，被常析之挨个儿检查下来。有几个脾气不好的看上去都快要过去把常析之揍一顿了，但都愣是忍住了。因为大家一听说常析之是为了星雪落才干的，都非常配合他——反正也就是烦了点而已，再不行，咱绕路！

第十四章
星梦渲与终极预言的发生

“忆风！快跑！你暴露位置了！”雪落拉起忆风就冲刺起来。后面有四个丧心病狂的对手在猛追！

又是一节体育课。

12月末的天气在往常来说，应该是寒冷的。但是这段时间不知怎么搞的，天气极为反常，尤其裸露在阳光下的时候，还是那么燥热难耐，当然要除了星菀婷。这天又刚好是个大晴天，万里无云。阳光毫无保留地照耀着操场上的每一个角落。在这样的情况下，每天体育课前例行的跑五圈更成了一种折磨。星班里有一半的同学仗着性别的优势，以例假为借口请假免跑。剩下的那些无奈的勇敢者必定要参与跑步，于是大家都一致把星菀婷当作了便携空调，坚决要求她跟随勇敢者们的脚步，为大家提供一股凉爽的空气，哪怕只能让她们分享很少的一点点凉意。

星棂汐也有偷懒的方式，她装作跑步，但其实是双脚离地在空中飘浮前进的。而星菀轩总停下来系鞋带，然后趁着体育老师一个不注意，她就瞬移回了队伍中继续跑……等勇敢者跑步队伍跑完一圈回来，体育老师赶紧喊停。

她把队伍重新排列起来，开始训话。而此时勇敢者跑步队伍也不忘狠狠地把请例假者一个接一个地鄙视了一遍。

“……这样是没有效果的……对于大家身体的发育成长不利……”她们有一搭没一搭地听着体育老师的训话。

体育老师显然也意识到了她的训话并没有起什么作用，如果还让她们继续跑，还会跟刚才一样没什么效果。她眼珠一转，计上心来。

“来，今天我们开展足球比赛。”

“你你你……一组……”在她迅速地安排了队员后，比赛开始了。但她发现星班的同学显然对于足球比赛没有什么兴趣。一个个在场上垂头丧气的样子，这是在踢足球呢，还是在闲逛？于是她无奈地宣布，足球比赛结束，大家自由活动。她想起来了，每次的自由活动，星班总不同于其他班级，会搞出一些令人忍俊不禁的创意活动来。

迅速到来的自由活动时间让星班同学赶紧从足球场上下来，这是体育课最有意义的时间。然而在这么一个大热天的下午，谁也想不出什么好玩的点子来，她们只好坐在台阶上有一搭没一搭地聊着最近的八卦新闻。

星忆风注意到菀婷的兴致不高。往常这样的时候，她总是会想出些可笑的点子来，但这段时间，接近期末了，对于预言的担忧使得她没有了往日的乐观。

星忆风捅了捅旁边的梦渲，示意她想个好玩的游戏来，免得菀婷独自发愁。本来梦渲就是不会轻易放弃玩耍的机会的人。没有忆风的示意，她也要想出一个好玩的点子来，何况有了忆风的示意。她挺着胸，觉得自己的形象也高大了不少。

旁边的同学在开展着“论全年级哪个班‘颜值’最高”的讨论——尽管这个问题的答案毋庸置疑是凌班，而梦渲则是自顾自地嘟嘟囔囔，搜肠刮肚地想找一个好玩的游戏。

“有了！”梦渲突然激动地怪叫一声，站了起来，“撕！名！牌！”苍天啊大地啊！她终于想到一个还算适合的游戏了。

“对对对！撕名牌！撕名牌是什么？”星棂汐激动地跟着梦渲一块儿发疯，虽说她貌似也不知道自己在发什么疯。

“简单地说呢，就是在每人背上贴一张纸，大家各自想办法把别人的纸撕掉，谁的纸被撕掉谁就出局了，最后剩下的一个是优胜者。”星雪落八卦能力也不是盖的，还兼具小百科功能。

“这有啥好玩的。”星菀轩不冷不热地说着，“于荨来个隐身，躲藏在你身边，要把你的名牌撕掉是分分钟的事。”

“不对不对！”星玄枫高兴地说，“说不定我可以预知到于荨有没有躲藏在我身边，提早躲开呢。”

“你要预知后再躲开还是够呛吧！还不如我呢，只要躲到结界里，任你怎么弄，我也能立于不败之地了不是？”槿熙非常得意地说。

“虽然你们说的这些都是问题。”星梦渲紧跟着说道，“但是在玩游戏的时候不准用魔法不就得了。都说是玩游戏了，还要用到魔法那算什么鬼?!”

“嗯，我觉得这个主意不错。”星墨尹接上话，“不过我们这么多人玩呢，还是分个组比较好吧！”

星忆风是个行动派，说话的当儿，她就已经用她的魔法取来了四种颜色的彩纸、笔和双面胶。为了公平起见，大家决定以点兵点将的方式分组。

结果很快就出来了：棂汐、于荨、露渲一组，墨尹、子夜、梦渲一组，菀婷、菀轩、槿熙一组，玄枫、雪落、忆风一组。

为了能让大家及时地散开，在游戏刚开始的十秒钟规定是不许撕名牌的，于是大家都拉着自己的组员四散奔逃，像是聚拢来正准备进食的小鸡遭受了花猫的侵袭。

星棂汐拉着于荨和露渲在教学楼的阴影下灵活地穿梭，跑着跑着，她忽然敏捷地钻进了一个旮旯里。旮旯后面正好开着一扇窗子，可以看到楼里一楼的走廊。为了不被人从窗户里看见，几人谨慎地贴在窗子下边。星于荨呢，想了想，觉得还不够保险，干脆隐了身。

“哎！哎！都说了不准用魔法。”星棂汐对于星于荨动不动就要隐身起来感到很无奈。这个于荨，不仅害怕了会隐身，高兴了也会隐身，甚至忧伤了、发愁了，都会隐身。

“嘿！”近处传来一声低低的呼唤。三人都吓了一跳——菀轩正站在她们面前！游戏中非友即敌，菀轩是敌方队伍里的人！几人都摆出了作战的姿势。

“别怕别怕！我不是来抓你们的！”星菀轩急忙摆手，“真的！我真的没兴趣玩了。但是队友一定要逼我玩……我是来投奔你们的！我只有一个人，也干不掉你们三个人啊……”

棂汐、于葶、露渲都是友好主义者，崇尚“人不犯我我不犯人”的信条。由于露渲的选择恐惧症和于葶向来的无主见，对于菀轩的“生杀大权”就交给星棂汐了。

“你如果要留下来的话……”

“怎么做?”

“你要帮我们去撕别人的名牌。”

“好。”

“不许乱跑，和露渲组成一组，要乖乖听话。”星棂汐本来在想三个人怎么组合，露渲在玩这种游戏的时候会显得弱一点，容易被别人抓到要害先把她逮了。星于葶可以支援过去，但好像有些可惜。现在好了，来了个菀轩，正好让她们两人一组，效率高，战斗力也强。

“好。”

“OK，我们欢迎你！”星棂汐绽开一个真诚无害的笑容拥抱了一下菀轩。她可没注意到菀轩笑得像奸计得逞的小狐狸。

星于葶沿着墙壁，踮着脚，四处张望着，观察着教学楼内的动静，她看到玄枫那一组在雪落的带领下警惕地蹲在楼梯下面。别的就没看见了。

“再这样下去可不行。”棂汐轻声说，“必须有人主动出击！不然的话这游戏永远没完没了。”她做好了决断。她自认为自己是很机灵敏捷的，而于荨呢，胆子小，一有风吹草动就会逃跑，也不容易被别人逮到，于是就决定自己和于荨去主动出击。露渲和菀轩，则可以在这里采取守株待兔的办法。

她和于荨走出旮旯，让于荨进教学楼，自己则去了操场。

星于荨快步走进教学楼，她想好了要攻击玄枫那一组。但刚刚从窗户往里看的时候，发现玄枫和忆风两个人在，都是背部紧贴着墙。她得先把她们引出来，才有机会去撕掉她们背后的名牌，她在琢磨着，有没有什么好办法呢？于荨对于游戏的热情，战胜了她平时的胆小。因为在这个时候，她竟然丝毫没有考虑到对方是两人，而自己只有一人。

很幸运，玄枫和忆风已经钻出了楼梯间，在和干锅鱼交谈。

“哼哼，说好的不准用魔法呢？以为这样就可以瞒过我了吗！然后趁着我向干锅鱼问好的时候撕掉名牌吗？好好儿用头发丝想想吧！这么浅显的计谋还能引我上当？”于荨心里想着，脚下的动作可不慢。

这个雪落，仗着自己穿了内增高鞋，戴了平光眼镜，老是喜欢装成干锅鱼吓人！真可恶！

于荨借着墙壁的掩护，悄悄地绕到干锅鱼身后，可是——干锅鱼的背上并没有贴着名牌！这可是更严重的犯规行为！算了，先撕玄枫的吧！

“唰”地一下，玄枫的名牌就被撕掉了。她惊叫一声，急忙向后一抓，抓住了于荨的手。于荨就被她拉了过去。干锅鱼讶异地望着她。于荨看着干锅鱼，高兴地仰天长啸：“哈哈哈！星雪落！你也有今天！名牌都没有贴在背后，这可是严重的犯规行为啊！”

“叫我干啥？我名牌不是好好儿的吗？”星雪落甩着手从旁边的女厕所走了出来。

那么，这位干锅鱼是……哎哟，我的天哪！这是真的于老师！于荨的惊恐之意溢于言表。好在干锅鱼没说什么，摇摇头就走了。星于荨长舒了一口气。

接着，星忆风的声音欢快地响起：“哈！撕到了！”她的手上揪着于荨的名牌。

棂汐小心地在操场上走着。她看见了远处站着的子夜、墨尹和梦渲。她快速俯下身子跑过去，但可惜由于没打好掩护，跑到一半被发现了。她只好溜走，又看到了落单的槿熙。

落单比较好下手。棂汐想着，悄然靠近，企图出其不意地撕掉槿熙的名牌。但槿熙并不是好欺负的。她眼观六路耳听八方，一听到动静，她就迅速转过身，把名牌掩到身后。棂汐试了几次没有办法下手，只得先退回自己的大本营。她打算叫帮手来。

星露渲气鼓鼓地抱着手臂盘腿坐在地上，星菀轩不知道跑到哪里去了。一看到棂汐回来，星露渲就气冲冲地站了起来。

“星菀轩这家伙是个间谍！叛徒！反派！她撕了我的名牌！我想尽力抓住她来着！但她腿长……就这么让她跑了！棂汐你明白吗！我被剥夺了参赛资格，所以我只能坐在这里。你！一定要帮我报仇！棂汐你在听吗？……”

星棂汐没有在听，她才听了一句，就怒气冲冲地找菀轩算账去了。

星菀轩正在不远处的操场上，悠闲地散着步。

不快点就没机会了！星棂汐的脑子“轰”地一响，菀轩这么神出鬼没，天知道她接下来还打不打算现身了。心中百转千回之时，棂汐的双脚早已做出了反应——

她疯狂地向菀轩跑过去，嘴里还不停地大喊着：“菀轩你个奸细……”悠长的声音在操场上空回荡着：“你个奸细……奸细……细……”

星菀轩吓了一跳，出于本能，赶紧跑了起来。星棂汐在后面穷追不舍，速度绝对超过了她上学期的体育期末考试速度。跑了两圈之后，棂汐的速度仍然不见慢下来。菀轩可是有点跑不动了，继续坚持了一圈，见棂汐还是没有停下来的迹象。她犹豫了几秒钟后，决定英勇“就义”！

“饶了我吧！”菀轩双手奉上自己的名牌。她觉得以棂汐的毅力，会追着她跑五圈的！棂汐潇洒地接过名牌，大摇大摆地回去给露渲解气啦！

“所以你就要把我推出去做诱饵是吗？”子夜无语地被队伍流放了。

可是她在操场上瞎转悠了很久，却还是没动静。刚想归队，却意外发现了一个令她泪流满面的事实——

队友们都去哪儿了？

星子夜居然被抛弃了！

没办法，她只好继续乱逛。

等等——

红色预警！不明物体正在靠近！

星子夜掏出一片小小的怪盗基德式单片眼镜仔细察看——我去！棂汐！这个撕名牌不眨眼的变态狂魔！看她猛追菀轩的劲儿就知道这家伙的邪恶属性了！要不——先逃为妙？不，以她的能力，应该足以对抗已经跑了好多圈的棂汐的吧！再说了，队友说不定就在附近，只有这样才能让她们有机可乘！干掉这个狂魔，胜利也就指日可待了，啊哈哈哈！

她正想着，棂汐已经跑到跟前了。星子夜警惕地收好她的怪盗基德式单片镜，摆出应战的架势。

但是，又有一件令她无法理解的事情发生了——

"我们组成联盟吧！"

话说梦渲和墨尹去哪儿了呢？

"嗯嗯！好啦！"星墨尹抹了一把汗，站了起来。

眼前，枯叶的掩盖下，是一个邪恶的机关……

先是一摊墨尹忍着恶心从食堂剩菜桶里倒出来的泔水，再是一根废弃修正带做成的绊马索。

"要是把谁摔得脑袋肿成了猪头怎么办？"星梦渲有些担心地问墨尹。

啪！说话间，正在后退着走的星槿熙误中了机关，脚下被绊了一下，又是一滑。星梦渲眼疾手快地扶住了她，顺手撕掉了她的名牌。

远远地跟在后面的菀婷一看到槿熙光荣牺牲了，对面又是两个人，敌我力量对比有点悬殊，也不敢想着为槿熙报仇，自己偷偷溜走了。

菀轩去做卧底，虽说撕下了一个名牌，但自己也光荣“就义”了。槿熙中了墨尹她们的圈套，平白无故地牺牲了。唉！我们这一组只剩下我一个光杆司令了。菀婷无奈地想着，如果把她们的名牌统统撕光，只剩下我一个人就好了，那我就是真正的女王啦！

唉！先上厕所吧！本王吉人自有天相，一定会留到最后才被撕掉名牌的。可是，平日里前呼后拥地一起上厕所的人呢？自己队伍里的都出局了，现在不知道在哪儿休息呢，叫其他人，名牌不被撕掉才怪。算了，算了，自己去吧！她们不是说了嘛，进出前都要注意观察厕所边的情况，好好看看有没有危险。

星子夜好后悔自己跟棂汐结盟……

就算在操场上吹风，也比举着拳头蹲在厕所旁边守株待兔强！

星棂汐说，据她的可靠情报显示（实际上是于荨隐身陪着菀婷，又向她告了密），星菀婷躲进了厕所！所以她们要做的，就是等菀婷待不下去出来后一把抓住她！

“你们在做什么？游戏结束了？”星菀婷打着哈欠走出来，“没想到上个厕所就……哎哟！”

星子夜紧紧扣住菀婷的双手，星棂汐一把就撕掉了菀婷的名牌。

“上厕所连累了本王啊！”菀婷苦着脸说，“槿熙，我也被淘汰了！”

忆风和雪落可不是好找的。此刻她们正躲在某个隐蔽的树丛里。外面四个人正在对操场进行地毯式搜索，誓要解决忆风和雪落。两人吓得大气都不敢出。口干舌燥，还出了一身的汗！忆风习惯性地顺手飞来了一瓶水，拧开瓶盖大口喝起来。

“忆风！快跑！你暴露位置了！”星雪落拉起忆风就冲刺起来。后面有四个丧心病狂的对手在猛追！

雪落回头一看，分析了一下局势，然后——她也中了墨尹的机关！忆风吓得不顾队友死活，趁雪落被撕名牌的时间，狂奔而去……

“别想逃！”星棂汐从侧面赶到，撕了忆风奔跑中无暇顾及的名牌，干净利落。

“应该还剩三个吧……”星棂汐掰着指头算，“差不多每组还剩一个。拉拢几个就可以干掉另一个……不对！另外三个……是一组的！”她惊呆了！我方只剩一人，敌方一将未损！

冲啊！

不能冲。现在她和另外三人以及出局的那一群人正围坐在主席台边聊着天，她不能这么鲁莽。

星棂汐悄悄地趴在主席台上，打算爬过去以接近那几人。可恶！这几个人正好坐得离她最远！她轻轻地爬过去，悄悄地向梦渲伸出手——

“梦渲小心！”星子夜大喊一声。梦渲惊异地一扭头——但很可惜，她的名牌已经被棂汐妥妥地拿在手里了。星墨尹和子夜立刻跳了起来，二对一。棂汐敏捷地四处躲避，趁乱撕了墨尹的名牌。星墨尹怪叫一声，随即便认命地重新坐下加入聊天的大队伍了。只剩下子夜和棂汐一对一。

棂汐暗叫不妙。星子夜可是出了名的怪力女！但棂汐毕竟也不是吃素的！她冲上去紧扣子夜的手。子夜一按一扭便化解了攻击。由于只剩下两人，两人不约而同地放弃了不准用魔法的规定。棂汐继续主动出击，甚至还飞到空中企图用脚踢子夜。但子夜机智地往棂汐眼睛里喷了几滴水。棂汐一不小心落了下来。两人持续对峙着。但谁也没办法占上风。两人满头大汗，但同时又带着满脸笑意——多好玩啊！

五分钟过去了……

“喂！我说！还是用石头剪刀布分胜负吧！”星子夜大口喘着气。

棂汐考虑了良久，她玩这个一向运气不好。“好吧。”她最后还是答应了。不然就得没完没了地玩下去了。

我们伟大的、以一敌三的、勇敢顽强的、但运势不佳的巾帼英雄星棂汐就这么壮烈地挥舞着拳头牺牲在了子夜的“五指山”下。

说白了嘛，就是棂汐出了石头，子夜出了布，结果棂汐输了。

这下星子夜高兴得大吼大叫，全然不顾刚才对峙的劳累。当然，也许就是因为刚才对峙的激烈才令她更为开心，“棂汐，你死啦！哈哈哈……棂汐你死啦！”

大家看着她笑得那么疯狂，不由得莞尔。星菀婷也不由得开始嘲讽她：“要不是本王上厕所不小心，轮得到你最后和棂汐决战吗？划拳胜了一局，至于吗？高兴得什么似的。”

星子夜看到菀婷不服气，笑着对她开玩笑，“你这个老早就挂掉的家伙，还有脸来挑战我？就凭你这个死在厕所边的家伙，还想获得最后的胜利？嘿嘿，做梦吧……”她得意道。

星子夜嘴巴里还在不停地嘀咕着，但是她感觉有点不对劲。到底是什么不对劲呢？子夜一下子也说不上所以然。她环顾了一下四周，周围的同学都瞪大眼睛，张大嘴巴看着她。就连菀婷也是一脸怪异的样子盯着她，视线还没有任何焦距的，仿佛是穿过了她的身体。难道，身后有危险，她敏捷地一转身，什么也没有发现。到底是怎么回事，她走过去在棂汐的眼前挥舞了一下手掌，总算把棂汐的注意力拉了过来。

“你们都怎么啦?”她有点害怕起来。

“把你刚才说的话再说一遍。”棂汐墨尹等人异口同声。

“做梦吧！”子夜怯怯的，头都低了下去，音量放得极低。真是的，我也知道菀婷是要受到重点保护的，可是只不过和她开个玩笑罢了。至于大家都这么瞪大眼睛批判我吗？她的心里特别委屈。

“再前一句。”众人没有理会她，继续追问着。

“还想获得最后的胜利。”子夜说着，继续想，这句话难道也是要挨批的理由，这更没谱了吧。她觉得自己的眼泪都快要流出来了。

“还要前面一句。”参与责问的人越来越多了。

“挂掉就挂掉吧！还要挂掉在厕所边。”子夜觉得自己被孤立了。只不过说了两句菀婷罢了，你们平时还不是一样开她的玩笑。还说得那么好听，是调节气氛，不让菀婷想到伤心的事情。轮到我和她开玩笑，你们就不放过我了。

“不是不是，再后面一句。”

这下子，子夜也觉得不对劲了，貌似不是在批评我，而是我的话里有什么玄机呢？她思索了一下，终于想到了：“菀婷你这个死在厕所边的家伙，还想获得最后的胜利?”

“菀婷死在厕所边。”回味过来的子夜和其他同学一起惊呼，“这就是菀婷死在厕所边！”她们不可置信般地喊了一遍又一遍，紧接着又齐齐地围住菀婷，把她抛向了空中……

第十五章 星菀轩的日记

突然，陷入了回忆中的菀轩微微笑了起来。临近期末，可爱的、咋咋呼呼的菀婷又回来了。

红色硬皮笔记本，扉页上一个蓝色水笔的签名“星菀轩”。菀轩百无聊赖地翻到金属雪花书签夹着的那一页，她又重新阅读起来，就像是翻阅这将近一个学期来的记忆。

星期三

今天她们去找泠老师求证了，预言中星菀婷同学的“死期”是怎么一回事。照我看来，泠老师的预言是再清楚不过的了，因为菀婷在玩游戏的时候确实死在了厕所边。而泠老师又不可能预言菀婷真正的死期。我看过的一些小说中，预言生死通常代价很大。

但是星菀婷自己却不太放心自己是否已经“死”过了。同学们也怀着“大胆猜测，小心求证”的科学研究理念决定去询问泠老师。于是以星忆风为首的几个家伙去了办公室。回来后，星菀婷只是一脸疲惫地用她的《占卜训练十九题》砸在自己的头上，说："真讨厌，泠老师又给我批了一个C等。"然后又说道，"不过能全心全意地担心我作业得了几等实在是太幸福的一件事情。"听到这里我就知道泠老师承认了她是在逗我们。我早说了她只是在恶作剧！

后来上占卜课的时候，泠老师在最后两分钟提了一个问题："占卜课的意义是什么？这么简单的问题却依然有很多同学做错。书本第几页，忘记了吗？我请一位同学回答。"

当星玄枫回答了书本上的原话之后，星菀婷却举起了手："老师，还有一点！"然后和我们对视几眼，我理解了她的意思，和大家一起说道："占卜能够用来恶作剧！"说这话的时候下课铃响了起来，但是我们带着笑的声音却以绝对的优势盖过了下课铃声。其他班的学生疑惑地凑到窗外看着我们。

"还能把人玩得死去活来！"星菀婷最后补充。

永远不能忘记泠老师那时的表情，似笑非笑，似哭非哭，脸色有点发青，又好像有点发红，她不置可否，然后继续拖堂。

星期天

星菀婷看上去对我为她特别准备的辅导材料没有很大

的兴趣。为什么呢？我不能理解。她上次月考居然考了第六十名！排在她前面的人差不多要占去六分之五了！她怎么能这么淡定？

所有的人好像都直接无视了期末考试，如此重要的考试啊！所以我觉得我也不应该把自己逼得太紧了。我打算今晚就只做一张卷子就好了。做完这张卷子，星菀婷来了。她要在我的房间里玩。我反正已经完成了任务，不妨就陪她玩玩。

星菀婷觉得我们想要放松精神的话，就要干一些不动脑子的事情。于是她提议玩小时候经常玩的角色扮演游戏。

“现在我是女皇！”她坐到我的床上，把床吊到最高的地方，俯视着我，“你要对我行一个礼。”

行就行吧！我标标准准地敬了一个军礼，还说了句类似“星菀婷女皇寿比南山”之类的话，感觉实在是太蠢了！我觉得我当时一定是脸红了。

星菀婷看上去可满意了！她拿了一把雨伞重新坐上去，用雨伞轻轻敲我的脑袋，还说什么这是神圣的权杖。难道我用来挡雨的伞还是皇家权杖不成？星菀婷说她把我封为了最最伟大的菀轩公主。但是如果她自己是皇后，那我岂不是她的女儿？

星菀婷说她自己也搞不清楚，干脆还是收我为义妹，封我个皇妹当当好了（虽然实际上我比她大）。我看她什么都搞不清楚，中国宫廷的称号居然用外国的方法册封。

总之，星菀婷觉得，她是女皇，什么规矩都是她给定的！我们这个国家叫作“菀国”，原因在于我们名字里都有这个字。菀国的国土就是她的房间和我的房间。在菀国，女皇是最大的，皇妹是第二大的。当我问她我们的臣民在哪里的时候，她居然把我的一整包瓜子倒在了地上，说这就是臣民，正在向我们跪拜呢！

“我们唯一的人类臣民就是凌墨昆！”她宣布。我觉得凌墨昆要惨了。

“但是我们的国土还不够广阔。”星菀婷说。说罢，她又带我去攻占楼梯间，对手是墙角的一只蜘蛛。星菀婷把蜘蛛扔到窗外，顺便捣毁了蜘蛛网（她把这个称作邪恶的老巢），然后宣布菀国又多了一块国土。然后她又去攻占这层楼的公用厕所里的那个坏掉的、没有水的、从来没人用的隔间，说是让我锻炼，一定要让我对付里面的一只小飞虫，在我把它拍死之后，她又宣布这也是菀国的土地了。这个人真是有童心，估计这会儿她还在做自己的春秋大梦呢！

星期二

可怜的凌墨昆！他简直就是给星菀婷做牛做马。虽说算不上什么苦力，但总是跑腿也很烦吧！因为星菀婷喜欢吃完饭顺路去小卖部买东西，但是每次吃饭她总是忘记带钱。于是有一天，她递给凌墨昆一张鲜红的百元大钞。凌墨昆当时好像很高兴——可怜的人，他还以为是星菀婷给他发奖金呢！结果星菀婷却让他以后吃饭必须带钱。星菀婷要是先吃完就去找他取钱，如果凌墨昆先吃完就要先去找到星菀婷询问她要不要用钱，如果要用钱，他还是要给星菀婷取钱。这张百元大钞够星菀婷用上一阵子了。凌墨昆已经变成了移动取款机，可高级了！

星菀婷还从来记不住外卖电话。她偏偏又很喜欢叫外卖。于是，一旦她想叫外卖，她就会直接拨打凌墨昆的电话然后由凌墨昆替她叫外卖。再次为凌墨昆感到同情啊！我服了。

星期三

今天我们考试了，占卜考试。星菀婷这家伙，占卜居然考了全班倒数第一！怎么会连纸牌的花色都背不出来呢？这应该是常识啊！看吧！不做练习就是这个下场！我不是让她做的吗？看来她是没有做。

但是她好像并不在意考试。

中午她又要去小卖部了。但是凌墨昆不知道是忘了还是怎么了，星菀婷居然找不到这家伙。居然玩失踪，星菀婷愤怒了。

其实她本来就想多收一个奴隶了。于是她抓住了可怜——哦不——可恶的常安七！这个和我抢第一名的邪恶的人！

总之，常安七被抓了，然后被迫借钱给星菀婷。常安七做出了第一次让步之后，星菀婷就步步紧逼，要求收他为奴隶。

“看在你抢了菀轩两次年级第一的分儿上，我特别收你为奴隶，怎么样？高兴吧！”她把常安七一脸可怜的样子看作高兴。

“我为什么要……”他怯怯地开口了。

“不然你会死得很惨。”凌墨昆突然出现在后面，拍拍常安七的肩膀。哦！我懂了！为什么凌墨昆愿意做牛做马，完全是因为星菀婷的暴力打遍全校无敌手！我觉得我应该珍惜这个皇妹的身份。

“你小子可终于来了！”星菀婷对凌墨昆大吼。常安七似乎想要偷偷溜走，却被星菀婷一把扳住肩膀，防止他逃跑，“你到底去哪儿了！”

“我们班主任叫我过去。”他回答。星菀婷看在他们班主任的分儿上就不和凌墨昆计较，转而高兴地册封他为奴隶总管。管的就是常安七！

凌墨昆看到有人比他更惨，很高兴，马上向常安七去普及奴隶基本常识，顺便把移动取款机的任务都交给了他。

但是星菀婷又一想，她对我说她需要一个更机智的奴隶。于是她干脆让凌墨昆去买了一只鸽子（炖汤的那种），封常安七为首席驯兽师，然后把鸽子取名为“伟大女皇星菀婷的奴仆”，简称“皇仆”，不知怎的被叫成了“黄浦”，但她还是觉得不够霸气，干脆叫它“黄药师”。最后，她把鸽子给了常安七，要求常安七把这只鸽子驯导得至少不会到处排泄。我真不知道该可怜常安七还是那只名叫“黄药师”的鸽子。

星期五

因为下暴雨的缘故，天文课是上不成了。晚自习又因为教室日光灯故障、窗帘杆断掉等意外状况而泡汤了。我们回到了北极星777。

我真心不想和星菀婷继续玩女皇、皇妹的游戏了。于是我把棂汐喊过来陪菀婷玩。棂汐貌似很感兴趣。于是菀国的国土又增加了一块——星棂汐的房间。

“那我就封你为大将军吧！”菀婷用雨伞给棂汐册封，然后又偷偷凑过来，塞给我一块巧克力，“皇妹，这是虎符！可以调动无数蚂蚁大军！要是将军造反，你就召唤蚂蚁大军对付她！”明明任何甜食都可以召唤蚂蚁大军的好吗？

总之，菀婷和棂汐要出去讨伐了。（我注意到棂汐并没有在占卜考试中垫底，而星菀婷……）她们含泪走出我的房间，因为出了边塞总是要有点乡愁的。我闲着也是闲着，跟着去看看。反正今天是星期五。

现在才六点钟而已，宿舍楼还没有关闭大门。我们走到了那个通往图书馆的秘道里，里面黑黑的，有点恐怖。她俩兴致勃勃地制伏了两只蜘蛛，就从图书馆的出口出去了，顺便又征服了一个花坛。然后她们又跑回了房间，在星菀婷的房间里画菀国地图——这两个堂吉诃德！

她们把菀国分为几个省区：菀婷自己的房间是“菀婷省”，同时也是首都；棂汐的房间是“棂汐省”；我的房间自然是“菀轩省”；七楼楼梯间和那个厕所里有故障的隔间为纪念菀国的两个人类奴隶被命名为“昆七省”；通往图书馆的秘道则是“土豆饼省”，这个典故来自这个通道里都可以闻到图书馆的土豆饼香味；最后征服的花坛拥有一个很有创意的名字——“蜘蛛蚂蚁自治区”！

将军打算明天就去征服寝室大厅里的一张椅子，女皇表示赞同，皇妹不参与讨论。

星期天

问我昨天为什么没写日记？作业多伤不起！

真后悔星期五和那两个堂吉诃德一起发疯！看看！作业都来不及！所幸我和棂汐大将军都比较识时务，为了提高作业效率跑到了教室做作业。女皇大人看在五分之二人类臣民都到了教室的分儿上，自己也屈尊跟着来了。

等等，我什么时候变得那么喜欢讽刺了？不不不！这不是重点！

咱们的女皇大人显然有点心不在焉，直到棂汐对她说：“女皇大人，你一定要征服邪恶的作业，保菀国平安！看！我和你皇妹都在努力地讨伐作业！”于是星菀婷真的把作业当成了坏人，努力地写作业。不得不说这一招还真有用。我用同样的方法想让她做完我给她精心挑选的各科考卷，但是她居然说做人要懂得知足，课外作业的国土我们还是不要涉及比较好。怎么会这样呢？

星期一

常安七终于把训练有素的黄药师在昆七省交给了星菀婷。虽说黄药师目前唯一的技能就是把排泄物主动排泄到固定的盆子里（代价是常班寝室满地的鸟粪，和乱七八糟的魔药试剂），但是星菀婷已经很满意了！她为了奖赏首席驯兽师，也给了他一块可以召唤百万蚂蚁军团的巧克力虎符，但我分明看到常安七一出门就把虎符给吃了。我想了想决定还是不要告诉星菀婷了。

星菀婷又差遣凌墨昆不知从什么地方给黄药师买了一个信筒，绑在它腿上，往里面放字条驯导它飞翔。我觉得星菀婷唯一正常的地方就是知道黄药师听不懂人话，不能说给它听，黄药师就飞过去。于是她试着让黄药师闻闻我，然后跑到很远的地方，给它吃一粒米，想让它飞回我这里。黄药师真的飞回了教室，但是它飞到了常班教室常安七那里。毕竟常安七也养了它好几天，并且没有试图驯导它送信。大概是常安七给它吃了一种增加动物好感度的药水吧，所以黄药师才看在常安七的面子上学会不随便排泄。总之，“女皇”终于放弃了让黄药师送信。

星期二

最近看了点心理学的书，我的脑子变得有点神经兮兮的。我猜想“女皇”和“大将军”为什么突然变成了两个堂吉诃德。可能是因为压力太大，导致她们不得不创造一个自己的世界以逃避现实？但是棂汐坚持说当她看压力图的时候，那张图根本没怎么动。然而像星菀婷那样连分数都不很关心的人，有压力对她来说不大现实。那么会不会是单纯地觉得这比较好玩？（上课的时候想：其实我是菀国派来的间谍，我是女皇！但是现在我一定要听完这节课，保卫菀国！）但是这就无从求证了。

总之，这又没有什么大问题，我做我的试卷，让她俩自由自在地发神经吧！

突然，陷入了回忆中的菀轩微微笑了起来。临近期末，可爱的、咋咋呼呼的菀婷又回来了。可是在这之前，她经历了多少忐忑，连同她们，这一群亲密无间的朋友，也一起被逼得近乎发疯。可现在回想起来，心中不免有些怅然，有些惋惜，有些并肩作战的悲壮情怀，还有一些友情展现的甜蜜。

第十六章
期末进行时

临近期末的时候，可爱又可怕的老师们总是在玩着“你方唱罢我登场”的游戏。这不，英语老师刚走下讲台，亲爱的班主任干锅鱼又来了，她似乎也没打算让星班的同学好过，她像冲锋一样飞奔上讲台，迅速地发下一沓试卷，要模拟考试。

“喂喂喂！你又在干什么？”星菀婷从菀轩的背后绕过来，“又写些什么乱七八糟的东西啊！该死的征文吗？无病呻吟的小说吗？”

正在陷入回忆中的星菀轩显然被吓了一跳，一下子回到了将近期末的现实。她快速地合上日记本。像这种有感而发的日记，她一辈子都不希望别人看到，尤其里面还写了菀婷成了魔法镇的新版堂吉诃德。

所幸星菀婷对菀轩的日记本像对课本一样，并不感兴趣，根本不管她写的到底是该死的征文还是无病呻吟的小说。

“我决定我要编写一部《菀国上下五千年》!”她喃喃自语。

“天哪！编写一部著作，你不是最讨厌一切类似书本以及试卷形状的物体吗？”星菀轩笑着回应她，“你的菀国才成立了多少天？我看还是《菀国上下五十天》吧！”想一想她又说了，“我劝你最好先背熟《魔法镇历史五百年》。”趁菀婷不留神，她立刻瞬移回房把日记本好好地锁了起来。

“也许你没有注意到，但是我们很快就要期末考试了。”星菀轩回到大厅，见菀婷还在构思她的《菀国上下五千年》，便好心提醒她。

“你的占卜已经烂到了无以复加的地步。”星菀轩再次提醒，“快，把这份练习卷做了吧！”

“不要让我做练习卷啊！”星菀婷惊恐地用占卜书遮住脸，这时候她感觉到原来课本也是有用处的，对于课本的感觉没有以前那么讨厌了，“我好好看书！期末考试我一定会考进前五十名的！”

“考得进才怪！”星菀轩毫不客气地抨击她，“就凭你的占卜课烂成这样，纸牌各种花色的含意也背不全。”

“我会努力复习，全力以赴争取胜利！”菀婷一副悲壮的神情。

“那为了给你的努力复习增加一些动力，我们就下个赌注吧！”星菀轩狡猾地笑了笑。可沉浸在努力复习幻想中的菀婷并没有发现。

“好，如果不进前五十名，我就给你一百块！”

“前三十名。”显然，星菀轩觉得筹码不够重。

“前四十名！”

“前二十名。”

“前三十名！”

“好的就前三十名吧！”星菀轩诡计得逞，“这次期末考试你一定要考进前三十名哦！不然就给我一百块吧！”

“什么?！”星菀婷好后悔。以后再也不要下赌注了！她恨自己的嘴！

星菀轩大概觉得星菀婷第二天上课就会乖乖听课，但是没有。语文课的时候，她一直在担心自己的赌注——应该低声下气向皇妹求饶呢，还是好好学习争取考进前三十名呢？她觉得自己是考不进前三十名的。于是她决定就算考不进也不给钱！等期末考试名次出来，她们早就各回各家了，谁也找不着谁！等下学期一碰面——哈哈哈哈哈哈哈！星菀轩估计早忘光啦！她觉得这个主意实在是太好了，不由得笑得咧开了嘴。

“我讲得很搞笑?”语文老师用卷起来的课本敲了一下伟大的星菀婷女皇的脑袋。

星菀婷收住笑容，不住地摇头，显得很是窝囊。

星菀轩觉得自己已经不能理解星菀婷了。为什么都这么说了，星菀婷上课还是不认真呢？她终于决定放弃星菀婷了。但是要是小狮子考不进前三十名的话，她的一百块还是要的！哼哼！别以为过了个寒假她就会忘记。再不行，就去找星菀婷的两个移动取款机，把她的小卖部钱取出来！

最最伟大的星菀婷女皇大人肩头站着机灵可爱的御用宠物黄药师，大摇大摆地走在学校里。大家都向她行注目礼，几乎要当场跪下呼喊“吾皇万岁万万岁”。

当然，这只是星菀婷臆想出来的场景。实际上是这样的：

“现在都什么时候了，上课还不专心！你这样期末考试怎么能考得好呢！”耳边还回荡着语文老师语重心长的叱骂声的星菀婷同学，她的肩头站着一只畏畏缩缩的要被用来炖汤的鸽子，默默地走在校园里。大家都向她的鸽子投以惊异的目光，心想这个人难道是精神有点不正常？

而星菀婷毫不在意大家用瞧怪物的眼神看着她，因为她刚才已经做出了一个重大的决定——去魔药教室练习制作魔药！

墨尹、于葶和子夜都在那里辛苦地做练习，并没有理睬姗姗来迟的菀婷。

星菀婷决定制作她最不擅长的一种，同时也是最难的一种，可以让你做白日梦的药水。调制成功的药水会呈现出朦胧的黑色，中心的密度很高而周边会弥漫着白色的烟雾。

她仔仔细细地把风草根切成均匀的小段，她觉得她这辈子从来都没有这么认真地切过风草根。于是她觉得她一定能成功！

半小时后……

她不耐烦地搅拌着锅里的橙色液体。这是第七圈还是第八圈了？她不知道。搅拌的结果还是一锅橙色的液体，没有变化。但是这已经是最后一个步骤了。旁边同样做这种药水的于葶的锅里已经有了冒出白色烟雾的黑色液体。到底是什么地方做错了？想到这里，星菀婷气恼地剪下黄药师的一根羽毛扔了进去。锅里的液体变成暗绿色，散发着恶臭。她气愤地倒掉这些鬼东西。看来她星菀婷真的不是学习的料啊！菀轩啊菀轩，你就不要怪你的不争气的女皇了！我天资愚鲁还不行吗？

“魔法镇星子魔法高校的历史有多少年？”星露渲拿着魔法课本考星梦渲。

“不会连这个也要考吧？！”星梦渲努力地回忆着，“噢！二百十九年左右吗？”

“错了，是二百九十年左右！”星露渲报出了正确答案，“其实记住这个很简单。因为它不可能是二百十九年左右。”

“为什么呢？”

“因为校门口的牌匾上有写：建于172×年啊！”

“有写吗？”后排的星于荨凑了过来，“我怎么从来没有发现呢？并且，你说的‘172×’是什么情况？”

“因为‘172’后面的数字很淡，看不清楚。”星露渲解释，“这行字写得不明显，就在‘星子魔法高校’的下面，很淡的一行刻字，平时被那几个浮雕字的阴影遮住了，不仔细看就不会看见。”

“那我可得去看看。”星棂汐不知什么时候也凑了过来，她对于未知事物从来都是抱以极大的好奇心。

“组团，组团！我也想去！”星梦渲有点小激动。

“不过是看几行字，至于吗？”星露渲嘴上虽是这么说，却还是爽快地答应了。

“我觉得她们只是懒得复习，找个借口出去玩罢了。”星子夜抬头看看冲出门外的三个人。

星露渲带领着棂汐和梦渲下楼来到了校门口。当她们说明了出校门却只是站在大门口附近后，门卫并没有阻拦。毕竟天气预报和一些关于学校的介绍都是挂在校门外面的。

“看！这些应该是建校时留下的吧？”星露渲指着“星子魔法高校”这几个浮雕字的下面。那里真的有几道浅浅的刮痕。仔细一看，是几行字。可辨识度不高，因为有的地方已经很模糊了。

建于172　年

临　从木

这些刻上去的字写得很漂亮，让三个不喜欢好好写字的人自卑了一番。

“这有可能是别人刻的，说不定是哪个学生刻的。”星梦渲本着和别人作对的原则进行了大胆的猜测。

“不会吧。”棂汐说，“我听说这几个浮雕字原本是刻在一块圆木上，后来重建的时候才把上面的字原原本本地拓印在石头上的。这几个小字估计也是原本就刻在一百年前的那块圆木上，一起拓印下来的。”

“而且，我不觉得有人能够在这块大石头刻字而不被门卫大叔骂个狗血淋头。”星露渲补充。

“那么这些字确实是当年的建校者留下来的？”星梦渲推断。

“可能性很高。”星棂汐认真地托着下巴，“但是为什么最后一个字会刻得那么淡呢？如今都已经没法分辨了。难道说，这里隐藏着一个秘密？”

“得了吧，什么事情到你嘴里都要变成秘密。”星梦渲对棂汐的唯秘密论表示不屑。

“也许在刻字的时候遇到了——战争。”星露渲对此也觉得甚是好笑，“不过我觉得最大的可能是——”

“是什么？”星棂汐明显被露渲的故意停下来吊起了胃口。

“工匠偷懒了。”星露渲故意说得像是皮球在泄气，但瞬间她又猛然抬起头来，“我觉得我好像听到了上课铃声。”

星棂汐一激灵，想起了下节课是糟老头儿上的英语课，不假思索地就往回飞。而梦渲和露渲还要痛苦地跑着楼梯。她们边跑还边喊：“棂汐，等等我们。”而棂汐默念着：“对不住啦，不是我不愿意等你们，而实在是糟老头儿太可怕了，我也只能是死道友不死贫道啦！”

英语老师——一个糟老头儿，正狠狠地盯着梦渲和露渲，盯得两人连门都不敢进，只得规规矩矩地站在门口。

糟老头儿死瞪了她们俩一会儿，这才艰难地从牙缝儿里挤出一句“回座位”。

“连上课都迟到，你们下课是去哪里疯了！也许你们并没有注意到，但是距离期末考试只有半个月了！半个月！只不过两个星期！还要除去周六、周日的休息时间，真正上课只有十天而已，尽管十天看着好像还很多，可是除去你们睡觉的时间呢？真正上课时间只有十天的一半，也就是五天。你们看，只有五天就要期末考试了，你们还有什么理由不好好学习？！”糟老头儿向她们大吼。底下的星班学生被老师的神算惊呆了，这是多么强大的计算功力，半个月的时间生生缩水成了五天。大家都用仰慕的目光膜拜着英语老师。

英语老师看这些学生好像被他镇住了，又开始滔滔不绝地讲述别的班级的英语成绩是多么多么的优秀，好像唯独星班是个不求上进的班级。英语课代表星菀婷威严地扫视着全班，好像在埋怨她们拖了女皇大人的后腿。即便如此威风，她还是偷偷地把那只名叫黄药师的鸽子藏进了课桌洞里（平时上课时，黄药师都是站在窗台上听课或是在走廊里自由飞翔的）。

然后，英语老师没好气地发下来一大沓的卷子，要求这个星期内做完。星菀轩一脸平静，看来她准备好在两天之内解决这些试卷了。然而大部分的人都哭丧着脸，好像随时都会倒地身亡。

临近期末的时候，可爱又可怕的老师们总是在玩着“你方唱罢我登场”的游戏。这不，英语老师刚走下讲台，亲爱的班主任干锅鱼又来了，她似乎也没打算让星班的同学好过，她像冲锋一样飞奔上讲台，迅速地发下一沓试卷，要模拟考试。

“这张试卷的难度和期末考试相比，应该不会相差很大。”干锅鱼认真地说，“只要你用心做了，那么期末考试的成绩和这张试卷的成绩相差应该也不大。”她转身关上教室门，“别想着作弊，你们没法儿作弊——哦！对了，下一节体育课你们也不用上了，占卜课都没时间复习了！”她话音刚落，就向教室里撒了一种药粉，这种药粉似乎能让大家产生隔离感。每个人望向自己的试卷很清晰，但看四周都是雾蒙蒙的，根本看不清其他同学的脸，更别说试卷了。但干锅鱼显然是看得见所有人的，她站在讲台上，威严地俯视着全班。

星墨尹做着做着，打了个哈欠，顺便习惯性地环顾了一圈，试图分析一下大家的表情。令她惊奇的是，虽然她仍没法看清别人的试卷，但现在至少已经能够看到别人的表情，大家都是正常且淡定。只有两个人例外。一个是星于荨，她看上去焦虑且心急——但是她每次考试都是这个表情，所以没有什么好奇怪的；另一个是星菀轩，一脸的嫉恶如仇，她大概都快做完了，正在对付最后一题吧！星墨尹又听到一阵翻页的声音，也许同学们都开始做最后一面了，她也急急忙忙做完这一面的最后一题，也加入了翻页的行列。她一眼看到最后一题，也许菀轩正在做这题吧？可是，这是道什么题？这么长的题目，还是从来没有见过的题型。她吓了一大跳——天哪！是一道她怎么也不会做的题目！完蛋了！这次她完蛋了！

“你们做得如何？”吃完午饭后，星棂汐问墨尹和于荨，看上去她的心情挺不错。

“啊！还行吧！大部分的题目都有把握，就是最后一题我不太肯定，我已经尽我所能回答了。”星墨尹一开始还信心满满，但说到最后一题的时候，就不再有起初的信心了。她侧头看看星于荨：“喂喂，小瓶子，你那边情况如何啊？”

星于荨犹豫了一下，最终还是开口了：“槿熙刚刚从办公室里出来的时候，说是看到我的试卷了……然后……她说她看到那题‘画出使用魔法时的标准步骤’扣了8分！总共才20分啊！我希望这不是真的，那个‘8’说不定只是两个圆圈，两个地方有点问题而已！”

“说不定你只得了8分……”星棂汐说，因为她觉得有时候老师是用加分的方法来批卷的。墨尹也幸灾乐祸地笑了起来，尽管星于荨并不觉得这件事很好笑。

“那你还是希望试卷永远不要发下来比较现实。”笑够了的星墨尹补充。

她们已经走到了教室门口。先进门的星棂汐突然倒吸一口凉气，退出了门。星墨尹往里面看了一眼，又用嘴角微微挑起的嘲讽表情向星于荨笑了笑。

星于荨往里面一看——哎哟！我的娘亲。每个人的桌子上都端端正正地放着一张卷子——批好了的！她不敢再看了，缓缓地贴着墙根坐下，露出一个苍白惨淡的苦笑。

“咦？里面还有贴班级排名啊！”星墨尹看看讲台上的一张名单。虽然在被施了魔法的名单中你只能看见自己的名次，但是这冲击力还是相当强大的！

星于荨只看了一眼，又被吓得一屁股坐到了地板上。我的天！第十一名！

“梦渲，你终于考到倒数第三名了！”星露渲从旁边走过，笑嘻嘻地向梦渲祝贺，“我本来说不定也能考到倒数第三名第四名的，但是我漏了一道6分的题目啊！于是只能垫底了！”

星于荨听了后更是吓得不轻，她决定要做一只埋头沙堆的鸵鸟，于是就直接隐身了。没人看到她，没人看到她……

天哪！要是星露渲没有漏掉那道6分的题目，说不定就比自己分数高了！然后这个第十一名其实约等于倒数第一名！星于荨这样想。她居然考了倒数第一名！！她鼓起勇气，回到座位上，连分数都不敢看就把试卷藏进了怀里，然后又偷偷摸摸地溜进了厕所，走进一个隔间，把门仔仔细细地锁好，这才打开试卷。她还是不敢看正面的分数，直接翻到了反面。哎呀！棂汐还真的说中了！她不是扣了8分而是得了8分！她颤抖着翻回正面——71分！满分100分的试卷她得了71分！怎么会这样呢？她无力地蹲下，忍不住在厕所里哭了起来。但是她总感觉哪里不对——啊，是了！是因为旁边一个人都没有。平时她哭的时候墨尹都会给她递纸巾安慰她，棂汐会在一旁继续笑话她。现在这两个要素都没有，叫她怎么哭得出来？于是她回到教室，解除隐身状态继续哭。果不其然，墨尹又来递纸巾了，棂汐又来笑话她了。于荨感觉回到了正常状态，哭着哭着心里舒坦一些了。

星忆风哼着小曲，来到教学楼下复习草药学。据说这次的选修课期末考试理论和实践都要考，她打算抓紧补一下移植星盏花的方法。因为她每次移植的时候，星盏花的嫩芽就会断掉，嫩芽断掉的结果就是喷出一股灼热的、黏糊糊的液体，不仅要喷到她脸上，还会使得星盏花的品质下降。这回，她没有忘记穿上草药学的装备——上一次她图方便就没有穿戴草药学专用装备，结果在培育蜜蜂草的时候，被扎得差点晕过去（蜜蜂草的刺有毒，扎多了会让人昏迷），直到现在她还有点怕怕的。还有一次因为把头发缠到了萧老师的宝贝亚马逊球果蕨上而被萧老师狠狠地骂了一顿，记了一次过。

“试一下在移植之前用刀子在根部划两刀吧！”星玄枫建议，“根部的汁水淡，对品质的损伤会小一些，而且从根部流了出来后，就会使得嫩芽那里干瘪一些，不容易断，即使断了汁水少了，也就不会喷到你脸上了。”星忆风照做，但是根部的水又有很强的黏性，等到嫩芽那里干瘪了一些，那些汁水已经把植株下面的一大块土给紧紧粘住了。

“那你又是怎么做的呢？”星忆风再次向玄枫讨教。

“不管它的根部可能有多大，直接挖一大块的泥出来，这样就可以尽量避免断根了。”星玄枫用的是个笨办法，“我猜测你移植的时候嫩芽会断掉就是因为没有让它的根保持完整吧！”

“也对。”星忆风看着课本上的一小块文字。上面写的是：“小提示：星盏花通过外围块状根给嫩芽提供养料，移植时就尽量保证外围块状根的完好，否则易造成嫩芽断裂。”真是的，字写得那么小，故意想让我们看不见嘛！这么重要的事情，就应该字体调大再调粗，大红字印满整整一面才对！才抱怨完，星忆风又想道，为什么根部划上两刀放出些汁水，嫩芽不容易断裂？但块状根断了，嫩芽又变成容易断裂了呢？块状根断了，不也是有放出汁水的效果吗？这两方面难道不是互相矛盾的吗？

她拿刚才的这个问题问玄枫，玄枫摊开手，摇摇脑袋，表示自己也只是只知其一罢了，并不能像老师一样给她一个完整的答案。

算了算了，星忆风心想，管它呢，字印得小也好，说法之间相互有矛盾也好，何必一定要求得到完美的过程呢？至少她现在，在期末考试之前知道了怎么样移植星盏花可以得更高的分数。

对于期末考试这件事情，各人看法不一。对自己的复习充满信心的人恨不得马上就考试，早考完早放假；没有信心的人，则是希望最好永远永远都不要考试，继续复习下去吧！

然而不管你怎么想，期末考试如期进行。对于星菀轩来说，期末考试不过是前进路上迈过的一个门槛，随随便便、轻轻松松就可以过了。但对于除星菀轩外的另一种人来说，期末考试，乃人生一大劫数。重点并不仅在于那可怕的分数，还在于考试前的各种担心、焦虑之情，每每都好像在下一秒就会有老师指着你的鼻子怒骂："怎么这种题目你都要做错！已经做了无数遍啦！"这就是为什么有的人一到期末考试就发挥失常，这是他们的心态问题。

星槿熙心态很好，因为她惊喜地发现第一门科目试卷的题目她都复习过，尽管她不一定能全部做对。唯一不是很好的就是天气太冷，星槿熙的手脚都抖得很厉害。和她同一考场的星菀婷照样像是个便携式空调，暖洋洋的，成了个小太阳，大大提升了旁边同学的战斗力。但是这股仅有的暖流很快就被监考老师给斩断了。说是为了公平起见，魔法学校的普通科目考试过程中不得使用任何魔法，即使是控温也不行。尽管随后监考老师打开了空调，但老旧的空调无力地运转着，开启前后教室里的温度并没有太大的差别。

自从星菀婷确认安全后，星槿熙觉得随树在这件事中应该还是没出力的，所以，保佑她考得好成绩应该继续有效。所以不管是背课文感到困难了，还是复习得疲劳了，她都会去捏一捏笔袋上的随树枝来祈求保佑。说也奇怪，每次都会使她充满了信心，课文能够朗朗上口地背诵了，难题也能找到方向了。现在，她还把它带到了考场里，一感到紧张就捏一下平复心情。

这时候，她旁边坐着的那个男生举起了手。大概又是试卷上的字看不清吧！她这么想，用橡皮擦掉答题卡上一个错误的答案。

等她又做了好几题，这才发现那个男生还是在锲而不舍地举手。而前后两个监考老师却都流连在手机屏幕上，谁都没看见他举手。过了很久，坐镇讲台的那个监考老师不知道是被那人坚强的意念所撼动，还是听到了他微微地呼唤老师的声音，终于发现了有人在举手。星槿熙想要顺便听听那个人要问什么问题，却发现他是忘记了带橡皮。而监考老师手比脑子快，一下抓过星槿熙笔袋上的木块，顺带着把她的笔袋给揪到了地上。但是却懊恼地发现这并不是橡皮，只得帮槿熙把散落一地的笔给捡起来，以掩饰他的尴尬。

经过如此一闹，同考场的星忆风明显感到这个考场里原本凝重的气氛变轻松了些。星忆风还扬扬得意，气氛这么轻松，她一定考得好。

但是为什么下课后和雪落对答案，结果有许多的出入？

“第一种情况是你考砸了，第二种情况是我考砸了，”雪落分析，“第三种情况是——”

“我们都考砸了！”

“真聪明！”

她们感觉有点惶恐。

后 记

最近突然想到当初写这个故事的初衷。我其实想表达的只是“魔法离我们并不遥远”这个主题而已。看看，会魔法的人一样要学习语数英科社政，再加上几门魔法的课程，担子比普通学生还要重。魔法也并不是万能的，只是有时候让生活方便了一点而已，但显而易见的是，会魔法以后也要承担更多的责任。决定你是否会魔法的，不是那一大堆乱七八糟的血统，而是只需要一串随机组合的基因代码，仅此而已。一切的一切都拜托给机缘巧合。写完这一部，我感觉轻松了不少。想想，第三部完了就是第四部，第四部完了就是第五部……然后，“星辰夜空”系列就完结了！

初中浑浑噩噩地混过了第一年。突然想到小学刚毕业的那个暑假，QQ空间里充满了同学们发的“舍不得小学同学”之类的感叹，把小学同学描述得无比纯洁，把初中生活描写得无比黑暗。但现在，一个个跟初中同学玩得还不是很好？

估计等初中毕业后，大家又得感叹一番初中生活的美好了。挺讽刺的不是吗？是啊，昨天永远是幼稚，今天永远是成熟。但可笑的是，今天总会变成昨天的。

第四部的主体框架差不多已经构思完成，但我总有点担心，我的灵感会不会慢慢枯竭。我想，就走一步看一步吧！至少第七部一定会很精彩的。为了准备第七部，我是什么丧心病狂的书都买来研究了。比如一大堆心理学的书和两本看着就头痛的兵书。突然感觉我也是蛮拼的。

本来我还想感叹感叹友谊啊、人生啊这些东西，但又一想，写出来又有什么意思呢？对读者来说，这永远是别人的故事。打个比方，比起棂汐的故事，你们明显更在意星棂汐的故事。

有时候挺迷茫，我写这么多这么多的故事，到底是为了什么？

我只是喜欢而已。

喜欢用笔构建一个活生生的世界，喜欢看读者们留下的回复，喜欢我小说里的人物。生活不管多么令人沮丧，总是有这么一个世界给我慰藉。有时候真的很想永远就留在那个虚构的、只属于自己的世界里了。

心悸，感触，孤独，倔强。

宣纸上一块飞溅的墨渍。

这便是我，想做一点安静的星火。

心怀灼热，吞吐光明，

远看美若晨曦。

图书在版编目(CIP)数据

星辰夜空.3,最佳拍档 / 棂汐著. —杭州:浙江文艺出版社,2017.3(2021.4 重印)
ISBN 978-7-5339-4767-5

Ⅰ.①星…　Ⅱ.①棂…　Ⅲ.①长篇小说—中国—当代　Ⅳ.①I247.5

中国版本图书馆 CIP 数据核字(2017)第 033793 号

责任编辑　冯静芳　杨　彬
封面设计　吕翡翠
内文插图　周佳佳
责任校对　许红梅

星辰夜空Ⅲ　最佳拍档
棂　汐著

出版　浙江文艺出版社
地址　杭州市体育场路 347 号
邮编　310006
网址　www.zjwycbs.cn
经销　浙江省新华书店集团有限公司
制版　杭州天一图文制作有限公司
印刷　浙江超能印业有限公司
开本　880 毫米×1230 毫米　1/32
字数　166 千字
印张　8
印数　17001–23000
版次　2017 年 3 月第 1 版　2021 年 4 月第 4 次印刷
书号　ISBN 978-7-5339-4767-5
定价　**25.00** 元